片方の手で後ろをいじりながら、もう片方の手でシャツ越しに乳首を探られて、そこがツンと勃ち上がったのがわかった。

インモラル・バディ～刹那の恋人～

真宮藍璃

illustration:
鳥海よう子

prism bunko

CONTENTS

インモラル・バディ～刹那の恋人～

「……報告は、以上です」

真木聡史《まきさとし》は、淡々と読み上げただけの報告書のファイルを閉じ、応接ソファに浅くかけたままローテーブルに置いた。

都心にあるなんの変哲もないビジネスホテルの一室。

真木の向かいに座り、黙って報告を聞いていた男が、鷹揚な笑みを見せる。

「ご苦労だった。なかなかよくまとまっていたよ、真木君」

「ありがとうございます」

「さっそく明日、上と情報を共有しておこう。きみは引き続き監視を行ってくれ」

「承知いたしました。……では、俺はこれで」

真木は言って、男と目を合わせぬまま立ち上がった。

すると男が、意外そうな声で訊いてきた。

「おや……、もう帰ってしまうのか？」

「遅い時間ですので」

「それはそうだが、きみは明日は週休だろう？」

男が言って、艶のある声でよどみなく続ける。

「せっかくこうして逢ったんだ。抱き合いもしないで帰るなんて、そんな寂しいことを言わないでくれ」

「っ……」

ストレートな言葉に、思わず男の顔を凝視する。

真木は注意深く訊ねた。

「それは職務命令ですか、久慈《くじ》警視？」

「まさか。それではセクシャルハラスメントになってしまうじゃないか？」

男——久慈幸四郎《こうしろう》が、苦笑しながら言う。

「だが、もう仕事の時間は終わった。つまり私ときみは、今はただの『刹那《せつな》の恋人』だ。そうだろう？」

「それは……」

その言い方には賛同しかねるところもあるが、久慈の言うとおりではある。

久慈とはそういう約束を取り交わしている間柄で、実際何度か抱き合っている。

でもそれは、こんなふうに仕事の空気が残っている状況でではなく、もっと完全にプライベートな時間と場所でのことだった。

初めて言葉を交わしてから、まだほんの二か月足らずしか経っていないこともあり、いきなりぐっと距離を詰められると、自分はどう振る舞うべきなのか、一瞬判断がつかなくなる。

ひと月前に都内の警察署の刑事課から警視庁公安部に異動したばかりの、新米捜査員の自分と、警察庁警備局のキャリア官僚である久慈。

ただでさえお互いの立場には大きな違いがある上、真木は彼の下、密かに公安の秘密機関の捜査に加ってもいる。

こういう関係になることを提案してきたのは彼のほうで、こちらにも思惑があったから、真木はその提案を受け入れた。

三年ほど前に恋人を亡くしてから、寂しさを紛らわしたくて一夜の相手と寝たこともあったから、彼と体を重ね合うくらいどうということはないと、そう思っていたのだけれど。

「……真木君？」

「……！」

ローテーブルを回り込んで真木の目の前に立った久慈が、気遣うように名を呼ぶ。

仕立てのいいスーツをまとった長身に、微かな圧を感じながら顔を上げると、久慈が薄い笑みを浮かべてこちらを見下ろしていた。

社会的地位や立場の違いがどうこうというより、単純に生物的な本能が刺激されて、一瞬身が強張るのを感じる。

真木はさほど身長が高くはなく、体格も標準的だ。

目鼻立ちのくっきりしたやや童顔気味の顔立ちなので、髪を短く刈り込むと余計に幼く見えるため、少し長めに整えている。

そのせいもあってか、どことなくアイドル風だと言われることもあり、初対面の相手に警察官だと話すと、ひどく驚かれることが多い。

対して久慈は、真木よりも上背があり、肩が広く胸板も厚い。形のいい眉と切れ長の目、通った鼻筋とやや薄い口唇が醸し出す雰囲気は、まるで往年の映画俳優のようで、やや古風だが上品な印象を抱かせる。

だがそれでいて隙のなさも感じさせ、警察官僚だと言われればなるほどと納得できるような、秀麗な容姿だ。

蛇ににらまれた蛙——などという言葉を、つい思い浮かべてしまう。

「きみとキスがしたい。そうしてもいいかな？」

紳士的な問いかけは、まるで仕事の進捗を訊ねてでもいるかのように、さりげなくさらりと発せられる。

断るも応じるも真木次第だと、逃げ道を用意してくれているのかもしれないが、目の前に立たれてそう言われてはさすがに拒めない。

整った顔を見つめ、黙ったまま小さく頷いて目を伏せると、久慈がスッと身を寄せて、真木の背に腕を回しながら口唇を重ねてきた。

「……ん、ン……、ふ……」

鳥が果実を啄むみたいに、何度も繰り返される軽い口づけ。

応える意思を見せて口唇を開いても、久慈は無遠慮に口腔を犯してきたりはしない。おずおずと差し出した舌も優しく吸われただけで、下品に貪り尽くされたりすることもない。

最初のキスはいつでも、礼節をわきまえた大人のキス。

貪欲な欲望など微塵も見せずに真木に触れ、ただ情欲の熱だけを高めてくる。

初めて抱き合ったときから、久慈はとても手慣れていた。

この関係のいびつさも不安定さも、久慈にとって問題ではないのだろう。真木の戸惑いや逡巡もすべて受け止めて、完璧にコントロールすることができる。

だからこそ、久慈はいつでも鷹揚な態度でいられる。

真木が久慈の誘いに応じたのは、本当のところ亡き恋人の死の真相を知りたいからだが、そのためにほかの男に抱かれていることに、真木が忸怩《じくじ》たるものを感じていることを知っても、久慈はきっと同じキスをよこすだろう。

思考も感情もすべて溶かして洗い流してしまうような、巧緻《こうち》なキスを。

「……は……」

キスだけで恥ずかしく息を乱すと、久慈がクスリと笑った。

「きみはキスが好きだね」

「……」

「ここもほら、もうこんなふうになっている」

「……あ」

体をぐっと寄せられて、真木自身が勃ち上がりかけていることを知らしめられる。

欲望に素直な自分の体が何やら恨めしい。

「ベッドへ行こうか、真木君」

甘やかな駄目押しの言葉。

真木は昂《たか》ぶりのままに、久慈の言葉に従っていた。

◆
◆
◆

久慈と初めて言葉を交わしたのは、今からふた月ほど前のことだった。

その日は三年前に亡くなった真木の恋人、狩野光司《かのこうじ》の命日に当たる日で、真木は休みを取って墓参りに訪れていた。

といっても、その墓に狩野の遺骨は納められていない。房総沖で起きた海難事故で行方がわからなくなり、死亡が認定されたためだ。

（もう、三年だ。何をやってるんだろう、俺は）

狩野は真木よりも五つ年上で、警視庁公安部の捜査員だった。

警察署勤務の真木とは仕事上の関わりはなかったが、十年ほど前に南欧で起こった爆破テロ事件の日本人犠牲者の遺族会で、偶然知り合った。

旅行で訪れていた日本人ツアー客が複数犠牲になった痛ましい事件で、狩野は結婚間近だった妹を、当時大学生だった真木は姉とその夫を、それぞれ失っていたのだ。

狩野は哀しみを語り合うグループカウンセリングの席で、テロ事件が起きた日がちょうど自分の誕生日と同じ日で、何年経っても歳を取るたびあの日の哀しみを思い出してしまう、と話していた。

『実はな、真木。俺はゲイなんだよ。たった一人の妹が死んでしまって、もう両親は孫を抱くことができない。そう思うと、俺は哀しくてやりきれないよ』

初めて二人きりで酒を酌み交わした日、狩野がなんのためらいもなく発したその言葉を、真木は今でも忘れられない。

実は真木は、隠れゲイだ。周りにはずっとヘテロセクシャルを装って生きてきたし、今でもそれは変わらない。

そんな自分の前で何はばかることなく己が性的指向を開示し、本当に哀しげに泣いた狩野に、真木はすぐに惹かれ始めた。

学生時代は商社マンになることを夢見ていた真木だったが、テロ事件を経て警察官の狩野に憧れ、卒業後は自らも警察官になった。

少しずつ経験を積み、初めての昇進試験に合格した日に思い切って想いを打ち明けると、狩野が自分も同じ気持ちだったと言ってくれ、結ばれた。

それから二人は恋人同士になったのだった。

そんな狩野が、突然の海難事故で行方がわからなくなったと知ったのは、テレビのニュースでだった。

(本当にただの事故だったなら、むしろ諦めもついたのにな)

墓石の前で線香をあげ、手を合わせながら、真木はあの日を思い返す。

事故が起きたとされる時刻の数時間前、真木の携帯に狩野から電話がかかってきた。

ひどく電波が悪い中、狩野は尋常でない様子で、真木に何かを訴えかけてきた。

いくつかのキーワードを断片的に拾えただけだが、その電話の緊迫した声は今でも真木の耳に生々しく残っている。

そしてそのせいで、あれはただの事故ではなかったのではないかと、真木は疑うようになったのだ。

「あれ?　真木か?」

「……?　ああ、奥寺《おくでら》さん!」

ほかに墓参の人もいない静かな墓地で、突然声をかけられて身構えたが、そこにいたのは真木が新人の頃に世話になった先輩である、奥寺梓《あずさ》だった。

狩野とは警察学校時代の同期で、真木と狩野が同じテロ事件の被害者の遺族だということも知っている。

真木は笑みを見せて言った。

「狩野さんの命日、覚えていてくださったんですね」

「まあな。ていっても、あいつはここにはいないわけだけど」

奥寺が言って、どこか人懐っこい表情を見せる。

「それでも、あいつは同期だったから。変な色眼鏡なしに、ちゃんと思い出してやりたいなって思ってさ」

「奥寺さん……」

真摯で偽りのない彼の言葉に、心が震える。

事故の詳細が明らかになるにつれ、狩野のことをそんなふうに思ってくれる人間はほとんどいなくなってしまっただけに、奥寺の温かさが身に染みるようだ。

狩野の海難事故は、実は人妻との不倫の果ての、無理心中だったのではないか――。

事故を起こした船から外国籍の既婚女性の遺体が見つかったことから、狩野にはそんな疑惑が囁かれていた。

だが、狩野がそんな人間ではないことは誰よりもよく知っているし、電話の件もあったので、真木はあれからずっと、非番の日や休みの日に彼に何があったのかを独自に調べている。

なにぶん公安捜査員としてはひどく不名誉な疑惑だ。事件性がないと判断され、事故として処理されてしまったこともあり、大した記録も残っていない。

真木としては、公安で狩野が関わっていたらしい案件との関連性も疑っているのだが、そちらは公安警察の秘密主義に守られていて、所轄の刑事の身分では詳しいことは何もわからなかった。

狩野の仕事ぶりには憧れを抱いていたし、自分も公安部に所属することができればと、配属を希望してはいるが、今のところ叶う予定はない。

そうこうしているうちに三年が経ち、今ではもう、警察組織の中でその話がまともに取り上げられることすらもなくなっていた。

「奥寺さんがずっとそう思ってくれているの、狩野さんもきっと喜んでいると思います」

「だといいな。この間、危うくあいつのところへ行きそうだったんだが、なんだかんだこっちに戻ってきたから、確かめようもないけど」

「そういえば、怪我のほうは、もう……？」

「なんともないよ。毎日バリバリバリマルタイを警護してる」

「それはよかったです！　本当に、よかった……！」

奥寺は警視庁警備部のＳＰだ。

一年ほど前、警護任務の最中に警護対象者《マルタイ》をかばって負傷して、いっときは生死の境をさまようほどの重症だったが、無事ＳＰの職に復帰できたのだから、後遺症などもないのだろう。

殉職する警察官も少なくはない中、こうしてまた話ができるのは、ある意味奇跡のような幸運だ。

「きっと、狩野さんがあの世から追い返してくれたんですよ。奥寺さんはまだ来ちゃ駄目だって」

「俺もちょっとそんな気がしてるよ。あの頃、今付き合ってる恋人に告白したばかりだったからさ。おまえ死んでる場合じゃないだろって、そう言ってくれたのかもって。狩野って、なんかそういうとこあっただろ？」

「そうですね、狩野さんなら言いそうです。凄く情に厚い人でしたし」

生きて好きな相手とまた逢える喜びは、何にも代え難いもの。

理不尽に家族を奪われた狩野なら、誰よりもそれがわかるはずだし、死にかけている同期をあの世から追い返すくらいしてくれそうに思える。

真木のこともとても大切に思ってくれていたし、真木がいつまでも狩野の死の謎にこだわっていると知ったら、自分のことはもう吹っ切って、早く新しい恋を見つけて幸せになれと言ってくれるかもしれない。

でも、真木が狩野の死の真相を知りたいと思い、いつまでも調べ続けているのは、彼がもうこの世にはいないという事実をきちんと認識し、二度と会えないのだと自分自身に理解させることで、狩野の死を受け止めたいからなのだと思う。

好きだった男に何があったのか単純に知りたい、彼の名誉を回復してやりたいという気持ちも、もちろん強く持っているけれど。

「……やあ、奥寺君じゃないか。久しぶりだな」

「え、久慈さんっ？」

「っ？」

花束を手にこちらへ歩いてきた長身の男を振り返って、真木はハッとした。

まさかここでこの男に会うなんて、思いもしなかった。

「あ、そうか。そういえば久慈さん、確か狩野の……？」

「短い間だったが、上司だったからね。命日くらい顔を出さなければと……、ん？　きみは……？」

予想外の出会いに言葉を失っていると、久慈がこちらをじっと見つめてきた。

奥寺が間に立って言う。

「彼は、俺が新宿署にいたときの後輩の真木です。真木、こちらは俺の他部署時代の上司で、久慈警視だ。狩野が事故に遭ったときは、公安部の管理官をされていて……」

「知ってます。今は警察庁警備局にいらっしゃることも」

思わず剣呑な口調でそう言うと、久慈が少し驚いたように目を見開いた。

久慈からしたら真木は初対面の相手だし、当然の反応だろう。

でも、真木は久慈を知っている。

警察庁のキャリアで、狩野の死後ほどなく、全国の公安部を束ねる警察庁警備局へ異動、将来は警視総監になるのでは、とまで言われている男だ。

悪い噂などまったく聞かないエリート官僚だが、真木は、久慈が狩野の事故の真相を知っていながら意図的に隠蔽《いんぺい》しているのではないかと疑い、不信感を抱いていたのだ。

ここで会えたのはある意味僥倖《ぎょうこう》と言えるかもしれない。真木は久慈を真っ直ぐに見据えて言った。

「はじめまして、久慈警視。俺はずっと、あなたにお会いしたいと思っていました」

「私に？」

「はい。狩野警部補が亡くなったときのことを、お訊きしたくて」

「そうなのか？　でもその、失礼だが、彼と何か個人的な関係が？」

恋人だったと、堂々と言えたらと思わなくもないが、もう亡くなっているからといって、

狩野の性的指向を真木が勝手にバラすわけにはいかない。

けれど、狩野とはそれだけの関係というわけではないのだ。真木はよどみのない口調で告げた。

「狩野警部補とは、コートダジュール事件の遺族会で知り合いました。俺も、あの事件で姉と義兄を亡くしています」

十年前、風光明媚な南欧の港町で起きた、卑劣な爆破テロ事件。

日本人も多く亡くなったあの事件を、ありありと思い出したのだろう。久慈がその秀麗な顔を曇らせる。

「それは、お気の毒だった。あれは本当に凄惨な出来事だった。狩野君やきみがどれほど哀しんだか、察するに余りあるよ」

久慈が言って、記憶をたぐるように視線を浮かせる。

「私が狩野君の上司になったのは、彼が亡くなる三か月ほど前のことだった。前任者が急死して、急遽異動が決まったのだよ。まさか狩野君があんなふうに事故で亡くなるなんて、想像もしなかった」

「警視も、あれはただの海難事故だったと、そうお考えですか？」

「……？　というと？」

「俺は、あれが事故だったとは思っていません。狩野さんが外国籍の既婚女性と不倫していたという疑惑についても、潔白だと思っています」

真木がきっぱりとそう言うと、奥寺が驚いたような顔をした。

この話を誰かにしたことはほとんどないから、奇異に感じたのかもしれない。

だが久慈は、少し興味を覚えたように小首を傾げて訊いてきた。

「刑事であるきみがそう言うからには、それなりの理由がありそうだね？」

「あるにはあります。でも、確証や裏付けはありません。俺一人の力では、調べるのにも限界がありますので」

真木は言って、探るように続けた。

「久慈警視。狩野さんは、公安でどんな案件を担当していたのですか？」

「きみ、それは……」

「どうか教えてください、警視。狩野さんは、事故死なんかじゃないのでは？　本当は殺されたんじゃないんですかっ？」

「真木！　おまえ、いきなり何を言い出すんだ！」

奥寺が目を丸くして言う。

事故か事件か。

その違いは大きい。事故死をあとから殺人と疑うのには、よほどの根拠と覚悟がいる。

それでも真木は、真実を知りたいのだ。馬鹿げた想像だと一笑に付されても、あいつはどこか変だと目をつけられることになっても。

　そう思いながら、久慈をにらむように見据えていると、彼がどこか憂いを帯びた表情を見せた。

「……真木君、といったね。きみと狩野君には、同じ痛ましい事件の遺族として特別な心の結びつきがあるのだろう。きみの気持ちは、私も理解したいと思うよ」

　久慈が静かに言って、小さく首を横に振る。

「でも、その結びつきがきみの人生の時間を止め、過去に繋ぎ留めてしまっているのなら、それもまた痛ましいことだ。率直に言ってきみには助けがいると思う。私ではなく、もっと別の専門家のね」

「っ……、つまり、あなたからは何も教えてはもらえないということですか？　真実を隠すのですかっ！」

　声を荒らげて詰め寄ると、奥寺が即座に割って入った。

「真木、ちょっと落ち着け。何をそんなに思い詰めてる？」

「奥寺さんっ、俺は……！」

「おまえらしくない。何か、あったのか？」

　気遣わしげにこちらを見つめる奥寺の目に、微かな警戒の色が見えたから、ハッと我に返った。

いきなりこんなことを言い出す刑事なんて、誰かからよからぬことを吹き込まれているか、何かおかしな妄想に取り憑《つ》かれているかだ。

久慈の表情に変化はないが、恐らく彼も同じ懸念を抱いている。これ以上話しても、きっと実りはないだろう。

「……すみません、警視のおっしゃるとおりなのかもしれません。狩野さんのことを考えていたら、なんだか気持ちが混乱してしまって……。ご無礼を申し上げました。謝罪します」

真木は言って、頭を下げた。

「今日はこれから、狩野さんのご実家へ寄らせていただくつもりです。今俺が話したことは、どうか忘れてください」

どうにか取り繕うようにそう言い、背を向けて二人の前から立ち去る。

狩野のために、自分は何もできていない。

不甲斐ない気持ちに心を苛まれながら、真木は振り返ることもなく歩いていった。

『――――い、聞こえ……か真木！　俺は恐らく――――れない！　奴らに――――われているんだ！』

『スカ——ピオ——、……れが、名前——、スカルピオーンだ！　——、を、捜してくれ！』

『愛している、真木。忘れるな、——公安は……、奴らは、俺をっ————』

見知らぬ番号からの着信だった。ざあざあとノイズの混じる通話。

背後でゴーゴーと鳴っていた音は海鳴りだったのか、それともただの風だったのか。

真木の知らぬ間に事故として処理され、証言する機会などなかったから、電話があったことすら誰にも話していないが、三年経った今でも、真木はあのときの狩野からの電話の緊迫した声をありありと思い出せる。

それから数時間後に外国籍の女性の遺体だけを乗せたプレジャーボートが、房総沖で転覆して漂っていたこと。

ボートの持ち主が狩野の知人で、狩野が女性の腰を抱いて甘い雰囲気で乗り込み、係留されていた川から海へと出ていくのを見ていたらしいこと。

今ここで事故の概要についてそらんじてみろと言われてもすらすらと話せそうなほど、真木はすべてを鮮やかに記憶している。状況が理解できず混乱を覚え、当初は事故処理に疑問を呈することすらできなかったことも。

久慈の見立ては正しい。ある意味真木の時間はそこで止まっている。

「……なるほど、マカオか。香港は混乱してるから、そっちへ流れたのかな」

真木は独りごちながら、ネットに書き込まれた隠語交じりの情報を流し読んだ。

いわゆる裏社会の情報網に流れてくる、重要人物の出入りの記録で、不正確なものも多いが、いくらかは信憑性のある情報だ。

昼間、久慈と奥寺の前を辞し、狩野の実家に行って高齢の両親に墓参の報告をしたあと、真木は先ほど自宅に戻ったばかりだ。そしていつものようにパソコンを開いて、様々な情報の収集を行っている。

SNS、巨大掲示板、そしていわゆる闇サイトなどと呼ばれる、「ダークウェブ」――。

ネットの情報網は広大だ。日本のものだけでなく外国のサイト、ウェブ検索エンジンに引っかからない深層ウェブまで含めると、毎日膨大な量の情報がハイスピードで流れている。

最初は狩野の事故や、彼が公安で関わっていたとみられる案件に関する情報を探したい一心だった。

だがある程度情報源を絞ることができてからは、まるで諜報員のように、特定の組織に関係していると思しき個人の動向を監視している。

もちろん玉石混交、デマやガセのたぐいも数多くあるが、曲がりなりにも真木は刑事だ。比較的信頼できる筋から欲しい情報を得る方法は、ある程度知っている。

真木自身が足で稼いだ情報も合わせて、狩野が残した僅かな言葉の意味も、この三年の間にいくらか解読することができている。

(やっぱり東アジア圏でも勢力を伸ばしているみたいだな、「スカルピオーン」は)

武器や麻薬の密売、人身売買、破壊工作。

今も昔も変わらず、そういった闇取引で儲ける闇組織というのは存在している。狩野が電話で話していた蠍《さそり》を意味する「スカルピオーン」というのもその一つだ。

元々は体制が崩壊した共産圏で生まれた秘密組織だったが、今では世界中にその勢力を拡大している。

闇取引のたぐいばかりではなく、元軍人や傭兵を集めた独自の武装集団を率いていて、政治情勢に介入するためテロ行為を行ったりもしている、憎むべき暴力組織だ。

真木は狩野が、その組織の手によって海難事故に見せかけて殺されたのではないかと考えている。

(だからこそ、狩野さんが何を追っていたのか、知りたいのに)

狩野が属していたのは、公安部の外事課だ。

スパイ案件や国際テロへの対処が彼らの担当分野だが、公安捜査員は身内にすら職務内容を秘密にすることが多く、同じ警察組織に属している真木であっても、狩野が本当のところ何をしていたのかはわからない。

でもこの三年間調べてきた限りでは、狩野はこの「スカルピオーン」という組織の内偵を進めていた。そのために組織の末端構成員であるとされる人物を、捜査の協力者、いわゆる「エス」として取り込もうとしていた形跡があるのだ。

やりきれぬことだが、もしかしたら狩野は、内偵を知られて殺されたのかもしれなくて――。

「……ん？　なんだ、これは」

蛇の道は蛇を地で行くような、闇サイトの細かい書き込みを見ていたら、「蠍」の文字が出てきたから、思わず前のめりになる。

「クラブ『タイニーアリス』……？　初めて聞く名だな。開業は去年の暮れか。まだ新しい店だな」

「蠍」は、こうした闇サイトでは、時折「スカルピオーン」の隠語として使われることがある。書き込みには、都内にあるこのクラブに「蠍」の日本人構成員が出入りしているようだとある。

本当か嘘かはわからないが、気になる情報だ。

「行ってみるか、この店に」

真偽は自らの目と足とで確かめ、判断する。

それが真木のやり方だ。心拍が速まっていくのを感じながら、真木はクラブの所在地を確認していた。

腹に響く重低音と、きらめく虹色の光。

平日の夜で、まだ宵の口といった時間だが、クラブ「タイニーアリス」のフロアにはそれなりに客が入っていて、流行のＥＤＭサウンドのグルーブに身を任せている。

真木はさりげなく壁際に立ち、ライムの入った瓶ビールを片手に注意深くフロアを見渡した。

店の公式サイトによれば、キャパシティは五百前後。フラットなフロアにアイランド型のバーカウンターとハイテーブルが並んでいるが、さほど狭くは感じない。

店の奥には螺旋《らせん》状の階段があり、二階には細いギャラリーとガラス張りのＶＩＰルームが見える。

六本木という立地ゆえか、客層は外国人六割、日本人が四割。会社帰りの社会人がちょっと来てみましたというタイプの客はほとんどおらず、遊び慣れた様子の客が多い。比較的年齢層も高く、思ったよりも落ち着いた雰囲気の店だ。

(表向き、怪しい奴はいないな)

まだ開店してさほど経っていない店だ。今は警察の目も厳しいから、店のほうもいかにもな客の出入りには敏感になっているのかもしれない。

とはいえ、真木だって刑事らしからぬ見目をしているのだし、裏社会の人間が皆それらしい姿をしているとは限らない。

わかりやすい者ばかりを追っていても、何も見つけられない可能性も――――。

「……？」

店の入り口から入ってきた男に、ふと視線を吸い寄せられる。

体格は中肉中背、二十代後半くらいの、褐色の肌の外国人。

ストリートカジュアルに身を包み、慣れた様子で人波をすり抜けて歩いてくる姿には、何もおかしなところはない。

だが何かがほかと違っていて、真木の刑事としての勘が、あの男は怪しいと警告している。

強いて言えば目つきか。あるいは物腰のせい……？

（……あれは……！）

男がすれ違った女性と軽くハグをしながら口づけ、彼女の髪を撫でて離れた瞬間、男のシャツが僅かにはだけ、胸元のタトゥーがチラリと覗いた。

一見すると幾何学模様か何かのように見えるが、それは蠍を意匠化したもので、数十年前のロシアで使われていたものだ。

当時はまだストリートギャング程度の組織にすぎなかった、「スカルピオーン」への帰属の証《あかし》として――。

「やあ、こんばんは！　お一人ですか？」
「っ！」

壁際のハイテーブルにビールの瓶を置き、男に近づこうとしたところで、いきなり声をかけられて立ち止まる。

気づけば真木の傍に、体格のいい日本人と思しき男が飲み物のグラスを片手に立っていて、真木に親しげな笑みを向けていた。

タトゥーの男がフロアの奥へと歩いていくのを目の端で追いながら、真木は答えた。

「……ええ、そうですが」
「奇遇です！　実は僕も一人で。初めてなんですよ～、この店に来たの。よかったら、少し一緒に飲みませんか？」
「かまいませんが……」
「やった！　いやあ、嬉しいです、初めての店ってなんだか緊張しちゃって！　あ、これ何飲んでるんです？　ああ、ライムの！　これ美味しいですよね！」
「……そうですね」

男のテンションの高い話しぶりに適当に応じながら、タトゥーの男が螺旋階段を上っていくのを目で追う。

二階のギャラリーにはカップルが数組いたが、男はそちらへは行かず、真っ直ぐガラス張りのＶＩＰルームの中へと入っていった。

中にはほかにも数人の客がいるようだが、ここからではよく見えない。乗り込んでいくわけにもいかないし、出てくるまで待っているしかないだろうか。

「……あ、もしかしてあの人のこと、気になる感じです？」

目の前の男に訊ねられ、慌てて視線を戻す。

タトゥーの男の連れか知り合いだろうかと思ったが、男の顔には純粋な好奇心が浮かんでいるだけだ。真木は首を横に振って言った。

「いえ、別に。ちょっと、知り合いに似ている気がしただけですよ」

「そうなんですか？　あの人、この辺りのクラブではあまり見ないけど、確かこの前横浜で見かけたな」

「えっ」

「胸のところにカッコいい刺青してるんですよ。でも、なんかちょっと近寄り難いですよね。……僕、クラブ大好きなんで、結構いろんなところに行ってるんですよ！」

男が言って、グラスを持ち上げる。

「よかったら乾杯しませんか。あなたのおすすめのクラブ、教えてくれたら嬉しいな！」

タトゥーの男は通称「J」。

見た目は外国人風だが、国籍は日本で、二年ほど前に関西方面から流れてきた男だという。出没するのは渋谷が多く、横浜や横須賀のクラブにも顔を出しているらしい。

だがそれ以上の素性は知られていないようで、本名はもちろん不明。元クラブDJだといわれているが、裏の顔があると噂されている。

「……地下格闘家？」

「そうそう。あのゆったりしたカジュアルな格好の下には、ガッチガチに鍛え上げられた鋼鉄の筋肉が隠されてるんだって！　まあ知り合いから聞いた話だから、ホントかウソかはわからないけど」

先ほど声をかけてきた男が、声を潜めるでもなく言う。

タトゥーの男が出てくるまでの時間潰しと情報収集を兼ねて、真木はこの男と飲んでいる。クラブ好きと言うだけあってあちこちの店を知っていて、ちょっとした裏話なども話してくれるので、いろいろと新しい情報を得ることもできた。

「J」と呼ばれる男は出てこなさそうだが、渋谷や横浜まで足を延ばせば、あるいは――。

「……んっ？」

いきなり肢から力が抜けて、ぐらりとよろけそうになったから、慌ててハイテーブルにつかまった。男が顔を覗き込んで訊いてくる。

「あれ、大丈夫？　少し酔ってるのかな？」

「酔ってる？　俺が……？」

先ほど飲みかけだったビールを飲み干し、二杯目はモヒート、三杯目にジントニックを飲んだだけだ。

足元が怪しくなるほど飲んだわけではないのに、なんだか体に力が入らない。

壁際に移ろうとテーブルから手を離したら、まるで糸が切れたマリオネットみたいにその場にくずおれそうになった。

男がさっと真木を支えて言う。

「なんだか体調が悪そうだ。あっちに休めるところがあるから、連れていってあげるよ」

「……？」

真木を抱きかかえるようにして歩き出した男の声が、なんだか少し楽しげだったから、背筋がヒヤリとした。

突然の体調不良なんて、今まで経験したことがないし、こんなにも体がふらつくのもどう考えてもおかしい。

もしや飲み物に何か混入されたのか。

「ちょうどよかった。盛り上がってきたし、奥に行けば誰にも邪魔されずに楽しめる」

「何を、言って……」

「あなたがとっても素敵すぎて、僕もう我慢ができなくなっちゃった。早くヤりたいなあ！」

「な、んっ……？」

男がやけに気さくで馴れ馴れしい態度だった理由にようやく気づいて、逃げなければと焦ったが、体格差のある男に体をがっちりと抱えられていてどうにもできない。

フロアの奥の暗がりに連れ込まれ、低いソファの上に押し倒されたら、視界がぐるぐると回った。

「待っ、ちょっと、待って、くれっ」

「ふふ、結構鍛えてるんですね、あなたも。触っただけでわかりますよ」

「手を、離してくれ！」

「嫌です！　大丈夫ですよ、今のあなたなら、ちゃんと気持ちよくなれますから！」

男が言って、はあはあと息を荒くしながら真木のシャツのボタンを外し、指をもつれさせながらベルトに手をかけて外そうとしてくる。

身をよじろうとしたけれど、体にまったく力が入らない。腕を突っ張って抗おうとしても、両手首をからげて頭の上で押さえられ、抵抗を封じられた。

　まったく油断していた。このままではこの男に犯されてしまう。

　この上は、男に自分が刑事だと明かすしかないか。

「……失礼、彼は私の連れなんだ。手を離していただけるかな」

「な……？　うぐっ、あああああっ」

　体に圧《の》し掛かっていた重みがふと軽くなり、男の悲痛な声が聞こえてきた。

　何が起こったのか確かめたかったが、目がチカチカしてよくわからない。

　薄目で見てみると、男があり得ない方向に曲がった左の手首を右手で押さえてのたうち回っている。

　もしかして、誰かが助けてくれた……？

「やれやれ、こんなに酔って。私が責任を持って連れて帰るよ。世話になったね」

　転げ回る男に、誰かが低く言うのが聞こえる。

　それが誰なのか確かめようとしたが、体を持ち上げられて運ばれ始めると、もう意識を保つこともできなかった。

　フロアを埋め尽くす光と音の洪水にのまれて、真木は気を失っていた。

『真木、俺は常々考えるんだ。一体どうしたら、この世界から理不尽な死や哀しみをなくすことができるのか。なくすことが不可能なら、少しでも減らすことができるのか』

酒を飲むと、狩野はいつもそう言っていた。

テロ事件に巻き込まれたとき、狩野の妹は社会人になったばかりだった。高校生のときに出会った恋人と婚約しており、結婚式の日取りも決まっていたらしい。

妹の死の知らせに婚約者は慟哭《どうこく》し、母親は憔悴し、父親はただただ憤って、それから酒に逃げてしまったという。

そんな中、まだなって数年とはいえ、曲がりなりにも警察官の狩野だけが哀しみをこらえて現地入りし、ほかの犠牲者の親族にも寄り添った。亡骸《なきがら》と共に帰国すると、ハイエナのように群がるマスコミにも冷静にねばり強く対応していた。

彼がいなければ遺族会を開くことすらもできなかったかもしれないと、もう他界してしまった真木の両親がそう言っていた。

(いつも正しい行いを貫いた人だった。だから俺は、狩野さんのためになることをしたいと思ったんだ)

警察官としても人としても、彼を尊敬し、愛していた。

だからこそ、その死の謎を解きたいと思ってきたが、あれから三年が経っているのに答えにたどり着けていない。

それどころか、刑事のくせにうかつにも飲み物に何か盛られ、犯されそうになるなんて――。

「……おや、気づいたかな」

「……っ！」

至近距離から聞こえた声に、ハッと瞼《まぶた》を開くと、いくらか光量を落としたシーリングライトのぼんやりした明かりが目に入った。

六畳ほどの部屋のベッドの上に、真木は横たわっているようだ。

クラブにいたはずなのにと当惑していると、まだゆらゆらと揺れている視界の中に、男の顔がスッと入ってきた。

「大丈夫か、真木君。気分は？」

「……久慈、警視……？」

確かめるみたいに呼びかけると、久慈が小さく頷いた。

「すんなり助け出せてよかった。あそこは結構危ない店だから、あのまま放っておいたら今頃どうなっていたか」

「助けて、くださったのですか？　警視、が？」

「少々手荒くしてしまったが、緊急事態だったし、まあ許されるだろう。そもそも酔った相手に欲望を遂げようという男だ。抗議されることもないだろうがね」

そう言って、久慈が小首を傾げる。

「それにしても、きみはあの店に何を？　まさか、本当に今夜の相手を探すつもりであそこへ？」

「……は？」

「仮にそうだとしても、もう少し人を選ぶべきじゃないかな。さっきの男、界隈ではそれなりに悪名高い人物だ。むろんきみが刺激を求めてあそこへ行ったということなら、それは趣味嗜好の問題ではあるけれど」

「あ、あのっ？　一体なんの話をっ……？」

混乱しながら訊ねると、久慈はやや怪訝そうな顔をしてから、ああ、と何かを察したみたいな声を出した。

「きみはもしかして、知らなかったのかな。あの店が、いわゆるハッテン場になっていることを？」

「ええっ」

「でも、きみは時々その手の店に出入りしているだろう？　あの男のわかりやすいアプローチに気づかないほど、何かに気を取られていたのか？」

「なっ、にを、おっしゃって……！」

久慈の言葉に驚愕して、思わず頓狂な声を発してしまう。

自分がゲイであること。

後腐れのない一夜の相手を見つけるために、時折その手の店に出入りしていること。

どちらもずっとひた隠しにしてきたことなのに、それを久慈が知っているなんて意味がわからない。

だいたい、久慈とは今日の昼間初めて会話を交わしたばかりだ。こちらは一度くらい話がしたいと思っていたものの、現状、警察組織の中では一切接点がない。

奥寺が知っているはずもないし、もしも知っていたとしても、彼はそういうことを誰かにペラペラと話すような男ではない。

なのにどうして――。

(……久慈警視は、どうしてあそこに?)

真木があの店に行ったのは、「蠍」の情報を目にしたからだ。

では、久慈はなぜあそこにいたのだろう。

男に物陰に引きずり込まれて襲われかけた真木を助けるなんて、偶然居合わせただけにしてはできすぎている。

もしや自分は、以前から公安にマークされてでもいたのか――?

「……っ……?」

まったく事態がのみ込めず、警戒心を抱きながら久慈の顔を見上げていたら、なぜだか体が熱っぽくなってきたから、うろうろと視線を泳がせた。

ただ熱いというより、なんだか体がうずうずして、身の内からジワリと火照ってくるような感覚だ。体の奥、とりわけ下腹部の辺りからジンジンと熱が広がって、脈や呼吸までもが速くなっていく。

一体、何がどうなって……。

「真木君、肌が上気してきたぞ？　大丈夫か？」

「……？　ひゃっ！」

頬にそっと指で触れられただけで、ビクリと体が震えた。

どうしてか全身の肌がひどく敏感になっていて、じっとりと汗に濡れている。自分の衣服が擦れる刺激だけで声が出そうだ。

久慈が微かに瞠目《どうもく》して、独りごちるように言う。

「ふむ……、単なる泥酔かと思っていたが、どうやら違うようだ。何か少し、様子がおかしいぞ」

「警、視……？　あっ……！」

ぐっと顔を近づけられ、目を覗き込まれてドキリとする。

秀麗な顔に思案げな表情を浮かべて、久慈が言う。

「ひょっとして、あの男に何か盛られたのかな。身に覚えはあるかい？」

「……！」

真木自身もそれを疑っていたが、他人から見ても様子がおかしいなら、たぶんそうなのだろう。真木はおずおずと言った。

「……は、はい。よくわからないのですが、たぶん何かのクスリを、飲み物に混ぜられたのでは、ないかと……」

「クスリ、か」

久慈が言って、小さく頷く。

「恐らくそうなのだろうな。だが、あの男もさすがに違法薬物のたぐいは使わないだろう。何か飲ませたとしたら、それは……」

「ちょ、待っ、警視！ 何を、して……！」

いきなりベルトに手をかけられ、留め金を外されてズボンの前を広げられたから、驚いて叫んだ。

けれど本当に驚いたのは、真木のそこが予想外の状態になっていたことだ。

まったくそんな状況でも、何か刺激されたわけでもないのに、下着の中の真木自身は欲望の形をしていた。それも、ほぼマックスの状態だ。

「な、んでっ……、どうして、こんなっ」

「これは……、ラブドラッグを盛られたかな」

「ラブ、ドラッグっ？」

「地下で出回っているものだろう。プラセボ程度の効果しかないものばかりだが、いくらか効くものもある」

そう言って久慈が、安心させるように続ける。

「いずれにせよ、さほど強力なものでもないはずだ。クスリが抜けて楽になるまで、私が手を貸そう」

「手、を……？　なっ、やッ！　や、めっ……！」

下着の上から張り詰めた幹を指でやわやわとなぞられ、慌てて逃れようとしたが、背筋を駆け上った快感があまりにも強くて、ビクビクと大きく上体が反り返る。

勃ち上がった欲望はただでさえ敏感なのに、クスリのせいなのか信じられないくらい感度が上がっていて、下着越しでも悲鳴を上げそうなほど感じる。

優しく撫でられているだけで切っ先にジワリと透明液が上がり、ぬるりと下着が濡れてきたから、熱っぽい頭がますます熱くなった。

やめてほしいのに悦びで意識がかき乱され、喉からは恥ずかしい声が洩れてくる。

「は、ぁっ、ンん、ンッ」

今日の昼間に初めて話したばかりの警察官僚が、クスリで昂ぶった体に触れている。

想像すらもしなかった事態に頭が混乱してくるが、快感は抗えないほどに強く、無意識に腰が揺れる。雄の形を確かめるように真木自身に指を添わせて、久慈が言う。

「かなり張り詰めてきたな。下着を脱がせたほうがいいかな」

「やっ、そ、れはっ」

「このままでは汚してしまう。一度や二度で収まらなかったら大変だ」

「そっ、なっ……、ああ、ぁあっ！」

久慈が指を根元のほうに滑らせて、もてあそぶように双果に触れてくる。

そこもひどく敏感で、なぞられるたびキュウキュウと腹の底が収縮するのを感じる。

下着を剥いでむき出しの屹立に触れ、幹を激しく擦り立てて射精させてほしい。

そんな直截すぎる欲望が募ってきて、理性を手放しそうになるが、まさか久慈にそんなことをさせるわけにはいかない。

まともに力の入らない体をよじって、真木は言った。

「警視っ、も、駄目ですっ」

「駄目？　何が、駄目？」

「あなたにっ、こんなこと、させられなっ……」

「私のことなら気にしないでくれ。きみは今、予期せぬ事態に陥って苦しんでいるのだ。そういうときは素直に人に甘えるものだよ」

久慈がなだめるみたいに言って、真木の下着に手をかけてずらす。

真木の欲望がビンッ、と跳ねるみたいに飛び出してくる。

「あっ！　あ、はあっ、ああっ」

久慈が肉厚な手を柔皮に密着させ、リズミカルに熱杭を扱き上げてくる。

トロトロと溢れてくる透明液をたっぷりと絡め、指を絞りながら動かされて、視界がチカチカと明滅した。

誰かにそこに触れられるのは、いつ以来だろう。

他人の手どころか自分でも、ここしばらくは触れていなかった。

性欲を感じないわけではないが、毎年狩野の命日が近づくとそれどころではなくなるし、一夜の相手とどうにかなりたいという気持ちも失せてしまうのだ。

でも、今はクスリで強制的に発情させられているような状況だ。

真木の意識からは良識や常識が取り払われ、相手が警察庁のキャリアだということも、徐々に取るに足りないことみたいに思えてくる。

「ぁ、あっ！　んぅっ、うぅ！」

体の芯から蕩けてきて、嬌声が止まらなくなる。

「凄く熱くなってきた。気持ちいいかい？」

「んっ、ん、ぃ、いっ、はあっ、ああっ」

手の動きに合わせて恥ずかしく腰を揺らすと、久慈が動きを速めてきた。

巧みな指の動きにも煽られ、腹の底から一気に射精感がせり上がってくる。

「はあ、あっ、達《い》、くっ、あ、アッ……！」

ぶるっ、ぶるっと全身を震わせて、真木が頂を極める。

久しぶりの吐精は鮮烈だった。

寸前に久慈が手のひらで頭の部分を包んだので、白蜜ははね飛ぶこともなく、彼の手の中にビュクビュクと吐き出される。

白濁がどろりと濃厚だったせいなのか、下腹部がキュッと絞り上げられる。

「……濃いね、真木君。もしかして、ご無沙汰だったのかな？」

「そ、なっ」

「まだこんなに硬い。もう一度くらい、出したほうがよさそうだね」

「やっ！　久、慈さっ、ぁあ、あああ！」

達したばかりの欲望をそのまままた扱かれて、声が裏返る。

久慈の言うとおり、真木自身は一度達したというのにまだガチガチで萎える気配はない。

それどころか射精したことが呼び水になったかのように、切っ先から僅かに濁った透明液がとめどなく溢れ出してくる。

前に触れられているだけなのに内奥のほうまでジクジクと疼き始め、後孔がヒクッ、ヒクッと淫らに蠢動《しゅんどう》し始めたのがわかって、身が震える。

（どう、しよう、俺、物凄く欲情してきた……！）

前だけでなく、後ろにも欲しい。猛る雄で中の感じる場所を突き上げられて、意地汚く食い締めながら達き果てたい。

もはや渇望に近い、泣きそうなほどの性交欲にわななきそうになるけれど、久慈にそこまで求めるのはさすがに不可能だろう。こんなふうに、文字通り手を貸してくれただけでも予想外だったのだ。

今はこの手にすがり、何度でも達くほかなすすべもない。

「は、あっ、ふうっ、裏、いいっ」

「ここが好きかい？　こうすると、いい？」

「ひ、ぁっ、ぃ、いですっ、ああっ、はああっ」

久慈に与えられる刺激にひたすらに酔い、うねうねと腰を躍らせていたら、また絶頂の波がやってきた。動きと昂ぶりに合わせて、知らず声が弾む。

「あっ、あっ、いいっ、ぃ、くっ、また、達、く……！」

間を置かず訪れた再びの絶頂に、全身の肌がざあっと粟立つ。

二度目なのに白濁はまたたっぷりと湧き出てきて、熱杭もビンビンと跳ねる。

久慈が苦笑しながら言う。

「凄いな、こんなにたくさん……。ほら、どんどん出てくる」

「う、うっ」

「やはり一度や二度では収まらないようだね。もう少し、衣服を緩めておこうか」

久慈がティッシュで軽く手を拭いながらそう言って、真木のズボンに手をかける。

そのまま下着ごと脱がされ、肢からするりと引き抜かれて、小さく唸った。

二度も射精する姿を見られてしまったが、裸身を見られるのはまた別の恥ずかしさがある。膝を折って体を丸めると、久慈が探るみたいに訊いてきた。

「恥ずかしいのかい、真木君？」

「は、い」

「そうか。でも、きみの体はまだうずうずしているみたいだ。もしかしたら、前だけでは足りないのかもしれないな」

「え……？」

久慈の言葉にハッとして、おずおずと彼の顔を見る。久慈が真木の腰に手を添えて、いくらか潜めた声で訊いてくる。

「真木君、きみは一夜の相手と寝るとき、後ろを使っているかい？」

「え！」

「もしもそうなら、前だけいじっていても物足りないだろう。後ろに触れて、中からも刺激したほうがいいのではないかな？」

「久慈、警視……」

まさかそんな提案をされるなんて思わなかった。

男同士の行為について、彼はある程度詳しいのだろうか。

あの店のことや真木の性的指向を知った上でこうして手を貸してくれているのは、もしかしたらそのせい――？

「どうだろうか。私に後ろに触れられるのは、嫌かな？」

「い、やということは、ない、ですが」

「それは何よりだ。ではさっそくしよう。体を動かすよ」

「あ、あのっ……？」

まだしてほしいともやめてほしいとも言ってはいないのに、丸めた体をころんと転がされ、そのままうつ伏せにされる。

クスリのせいか今一つ体の自由が利かなくて、腕で上体を支えようとしてもぐにゃりと落ちてしまう。

もたもたしているうちに膝をシーツにつかされ、腰を持ち上げられたから、うろうろと視線を向けたら、久慈がベッド脇の棚から何かを取り上げた。

それがワセリンの容器だったから、目を見張った。

男同士で繋がるための準備をするのに、よく使われているものだ。やはり久慈は、男との経験があるのだろうか。

「後ろに触れるよ、真木君。楽にしていて」

「……あっ、ん、んっ、ぁ……！」

ねっとりとしたワセリンを後孔に施され、指先でくるくると柔襞になじませられて、背筋がビクビクと震える。

真木のそこは雄を繋がれる悦びを知っているから、触れられただけでヒクヒクと妖しく震え始める。

窄まりを解かれ、つぷりと指を挿《さ》し入れられると、また身の昂ぶりが戻ってきて、自身もピンと勃ち上がった。

ゆっくりと指を出し入れしながら、久慈が言う。

「きみの中、熱くなっているようだ。これもクスリのせいだとしたら、ラブドラッグとしてはずいぶんと完成度の高いものだな」

「ん、うっ」

「内襞も柔らかく解けてきた。私の指もほら、こんなにするりと入っていくよ？」

「あ、あ……！」

ワセリンを注ぎ足しながら、久慈がもう一本、指を中へと沈めてくる。

そうして二本の指で内壁をまさぐりながら、中を優しくかき混ぜられたから、尻が恥ずかしく跳ねた。

前からはまた蜜液が滴り始める。

「クスリのせいももちろんあるのだろうが、とても敏感なんだな、真木君は」

真木の中を優しくなぞりながら、久慈が言う。

「きみには不本意なことかもしれないが、きみに目をつけるなんて、あの男はなかなか見る目がある。私なら初対面で見抜くことは難しかっただろう。きみがこんなにも、甘い体をしているなんて」

「警、視……？　あんっ、ああ、はああ！」

久慈の指先が内腔前壁の中ほどにある窪みをかすめたから、真木は上擦った悲鳴を上げた。

そこはちょうど前立腺の裏側に当たる部分で、男の体内に秘められた、もっとも感じるところだ。

久慈が察したみたいに二本の指の腹でそこをまさぐってきたから、あんあんと淫らな声を立ててしまう。

やはり久慈は、男の体の仕組みを知っているようだ。もしや男と寝たことも……？

「きみのいいところは、ここか。こうすると、どうかな？」

「はあぁっ！　ぃ、いですっ、気持ち、ぃ……！」

「そのようだね。きみの内側が、私に吸いつき始めた。中に引き込まれるようだ」

久慈が言って、小さく笑う。

「入り口もきつく窄まって、指が食いちぎられそうだよ。そんなにいいのなら、このままもう一度、指で達くかい？」

「あっ、あ！　そ、なっ、待っ……、はぁ、あああ！」

優しいけれど執拗《しつよう》に、久慈に感じる場所をクニュクニュと擦り立てられ、腹の底がまたぐつぐつとたぎり出す。

抗おうにもなすすべもなく、そのまま絶頂へと押し上げられて――――。

「あぅうっ！　はっ、ぁあ、あああ――――」

導かれるように達した、三度目の頂。

欲望を擦られるよりも、後ろで達するときのほうが絶頂のピークが高く、オーガズムが持続する時間も長い。

体を支える腕も肢もガクガクと揺れて、体中の筋肉が軋むみたいだ。

白蜜は押し出されるみたいにドッと一息に流れ出てきて、シーツにぴしゃぴしゃと音を立てて滴り落ちていく。

「あ……あ……」

快感が強すぎて、半ば気を失いそうだ。口唇が緩んでだらしなく唾液がこぼれるのを、自分では抑えることもできない。

クスリで昂ぶらされているとはいえ、あまりにもみっともない姿をさらしている自分が情けなくて、ジワリと涙が出てくる。

「……たっぷり出せたね、真木君。きみは本当に敏感だ」

久慈が子供を褒めるみたいな口調で言って、後ろから指を引き抜く。

「後ろも、もう十分に解けたみたいだ。そろそろ繋がってもいいかい？」

「……え、っ……？」

後ろで達かされた恍惚《こうこつ》でクラクラしながらも、今耳に届いた言葉の意味を確認しなければと、蕩けた頭を動かして振り返る。

繋がるというのは、挿入するということだろうか。

真木の後ろに触れるというのが、そこまでのことを意味していたとは思わなかったから、信じられぬ思いで顔を見つめる。

だが、こちらを見返す久慈の表情には、淫靡《いんび》な欲情の色などは少しも感じられない。本気なのかと訝っていると、久慈がさらに言った。

「返事に困っているね、真木君。まあそれも当然だろうが、別に何も悩むことはないさ。きみのここはそうされることを求めている。ほら、こんなふうにヒクヒクと動いて、私を欲しがっているよ？」

「あ、あ……！」

知らずヒクついていた柔襞を指で優しく撫でられて、ゾクゾクと背筋が震える。

久慈の言葉は正しく、真木には甘美な誘いだ。何度射精しても劣情はとめどなく溢れてくるし、正直このまま抱いてもらえるなら、そうしてほしい気持ちは強くある。

でも自分と彼の立場を考えてしまうと、このまま最後までしてしまっていいのだろうかと疑問も覚える。

何より久慈は、狩野の死の真相を隠している張本人なのかもしれないのに————。

「警視、お、俺、は……」

「合意を示すことが、怖い？」

「……！」

「その気持ちもとてもよくわかるよ。だったら、きみが嫌だと思ったところでそう言ってくれれば、私はそれ以上はしない。それなら、どうだい？」

久慈の言葉に、理性と欲情とが激しくせめぎ合う。

この男を信じるべきかそうでないのか、今の真木にはわからない。

けれど体は彼の雄を求めていて、今にも燃え出しそうだ。

真木は泣きそうになりながら言った。

「……本当に、そうして、くださるのなら……」

「もちろんだ。約束するよ。どうか私を信じてくれ、真木君」

真木の返事に久慈がそう言って、やおら身を起こす。

そうしてこちらを見つめたままシャツのボタンを外し、さっと脱ぎ去った。

露わになったのは、デスクワークが多い警察官僚とは思えないほど美しく鍛えられた、筋肉質な上半身だ。

一瞬見惚れてしまっていると、久慈がベルトの留め金を外してズボンの前を緩めた。

そのまま、ゆっくりと下着をずらす。

「……！」

衣服の中から現れたのは、鋭く屹立した熱杭だ。

彼の体躯に見合ったそそり立つようなそれはかなりのボリュームで、その雄々しさにおののきを覚える。

だが真木の体は、それを目にしただけで震え出した。

硬く大きなそれを、熟れた後ろに挿《い》れてほしい。

奥まで貫いて肉筒を擦り立て、快楽で訳がわからなくなるまで突き上げてほしい。

喘ぎたくなるほどの渇望に、内奥がジクジクと潤んでくる。

「ああ、また肌が上気してきた。まだクスリの効果は続いているようだね」

傍らの棚からコンドームを取り、ピリッと袋を破って、久慈が言う。

「きみのいいところはちゃんと覚えた。何度でも応えてあげられるよう、私も努力するよ」

ぴちっと音を立てて根元までコンドームをはめて、久慈が真木の腰に手を添える。

そのまま後ろに先端部を押し当てられたら、腹の奥が期待したみたいにキュッとなった。

シーツに頭を押し当てて身構えると、久慈が短く告げてきた。

「挿れるよ」

「……っ、んっ、あッ――――！」

ぬぷり、と肉襞を押し開いて、久慈が後ろに沈み込む。

柔襞を捲り上げながら、ずぶずぶと繋がってくるそれは、予想どおりの質量だ。中の具合を確かめながら少しずつ入ってくるけれど、その大きさに冷や汗が出る。

久慈がふっと息を吐いて言う。

「まだ少しきついかな。でも、きみはちゃんと私を受け止めてくれているね」

「う、うっ」

「ああ、中が絡みついてくる。やっぱり欲しがっていたみたいだよ、きみのここは」

「はっ、あっ……！」

久慈が真木の双丘を抱え直し、ぐいっと腰を揺すり上げて結合を深めてくる。

初めて抱き合うのに、久慈は真木の感じる場所を探り当てるのが上手いようだ。切っ先が最奥近くのいい場所をかすめる感触に、ぶるりと背中が震える。

やがて狭間に彼の硬いヘアが押し当てられたのを感じ、あのボリュームをすべて収められたのだとわかった。

腹の中いっぱいに感じる男の証。

マゾヒストではないつもりだが、この瞬間はいつも、何やら甘美な戦慄《せんりつ》を覚えてゾクゾクする。相手に何もかもを委ね、自分を手放すことの愉楽に、溺れていってしまいそうで——。

「入ったよ、真木君。全部きみの中だ」

久慈が背後から静かに言う。

「クスリが抜けるまで、私がちゃんと面倒を見るよ。どうか安心して、私に身を委ねていてくれ」

「……警、視……、ん、ぁっ、ああ、あああっ……！」

久慈が腰を使い、雄を抽挿し始める。

動きはゆっくりなのに、クスリのせいで敏感になっている内部には凄まじい快感が走る。

張り出した亀頭と硬い幹とに肉襞を擦られるたび、頭のてっぺんから肢のつま先まで震え上がり、うなじの辺りがスパークしたみたいになって、意識すら飛びそうになった。

真木自身からは濁った蜜液が溢れ、糸を作ってシーツに滴る。

まるで真木のすべてが、欲望に支配されてしまったみたいだ。

「う、ぅうっ、ああ、あッ……」

「……ふう、凄いな。きみの中が私に追いすがって、しがみついてくるようだ」

貫く深度を徐々に深めながら、久慈が言う。

「きみのいいところは、ここかな？」

「ひぅっ、や、ぁあっ、はああっ」

先ほど指で達かされた場所を切っ先でゴリゴリと抉られ、ほとんど悲鳴みたいな嬌声が止まらない。

本当にそこは信じられないくらい気持ちがよかった。思わず自ら腰を揺すって久慈の熱棒に押しつけてしまい、羞恥で頰が熱くなる。

こんなこと、狩野にだってしたことがなかったのに、もしもあのままあの店で犯されていたら、自分はあの男相手にも尻を振っていたのかもしれないと思うと、ラブドラッグというものの怖さをまざまざと感じさせられる。

なすすべもなく劣情に流され、与えられる悦びを貪欲に食らって、真木の体がまた、頂へと駆け上っていく。

「あ、ぐぅっ、あっ、ぁ――――」

一瞬のブラックアウト、続いて全身を蟻が這うみたいな、ざわざわとした快感。

オーガズムも四度目となると、もはや苦痛と隣り合わせだ。腹の底に鈍痛が走って、吐き出される白蜜も薄くなる。

四肢を痙攣《けいれん》させながらピークをたゆたう真木に、久慈が言う。

「いいよ、真木君。何度でも、気持ちよくなってごらん」

甘く響いた言葉に、理性のタガが外れる。

真木は恥ずかしく声を上げながら、尻を揺すって久慈に追いすがっていた。


狩野が亡くなってからの三年間、真木は恋人を作らなかった。

姿を見ぬままの別れで、死んだという実感が湧かなかったことはもちろんだが、彼を好きだという気持ちは変わらなかったし、別の相手に気持ちを向ける気にはならなかったのだ。

とはいえ、真木も健康な成人男性であるし、心も体もどうしようもなく寂しくてたまらない夜はある。

そんなときは同じ性的指向の男性を探しに専門の店に行き、あと腐れのない一夜限りの相手を見つけて気持ちを紛らわせていたが、それでもなるべく夜のうちに別れるようにしていた。

よく知りもしない相手と爛《ただ》れた時間を過ごし、白けた朝を迎えるなんて、なんだか自分がむなしくなってしまうからだ。

それなのに、よりにもよって……。

（……まずいだろ、これは。絶対にまずい……！）

翌朝目覚めた真木は、ベッドの上に座って文字通り頭を抱えていた。

空調の効いた見知らぬ部屋。

隣には警察官僚の久慈が、力強く美しい体躯を惜しみなくさらして横たわっている。

真木の体にはもうあのクスリの効力は残っていないが、腹の奥や後ろはなんだかジンと重くて、体中の筋肉が疲労しているのを感じる。

昨晩、真木は久慈に抱かれて何度も絶頂を極めさせられ、最終的に気絶するみたいに眠ってしまった。まさかあんなことになるなんて。

（とりあえず、帰ろう。警視がまだ眠っているうちに……！）

助けてもらったのに、礼も言わずに逃げるみたいでなんだか少し気が咎《とが》めるが、いたたまれなさに耐えられる気がしない。礼を言うにしても一度独りになって、気持ちを十分に落ち着けてからそうしたい。

真木はそう思い、音を立てぬようそろりと久慈に背を向けた。そのままベッド脇の床に肢を下ろし、立ち上がろうとしたが――――。

「早いね、真木君。もう目覚めたのかい？」

「っ！」

後ろからすっきり目覚めた快活な声で呼びかけられて、危うく叫びそうになった。

注意深く振り返ると、久慈が横たわったまま、穏やかな笑みを見せて言った。

「おはよう。何か飲むならキッチンは左だ。シャワーとトイレなら、その奥に……」

言いかけて、久慈がまじまじとこちらを見つめる。

「……おや？　その顔、さては私が寝ている間に帰ろうとしていたな？」

「警視……」

「ずいぶんとつれないじゃないか、真木君。昨日はあんなに燃えたのに。もしかして、満足してもらえなかったのかな？」

久慈が言って、クスクスと笑う。

でも、こちらはそんなふうに笑えない。

満足できなかったから、とかいう話ではない。

というかむしろそちらに関しては、あのあともとことんまで応えてもらったのだが、まさにそれゆえにこそ、今すぐ逃げたいと感じているわけで。

「……警視、その、昨日のことは……」

「真木君、こうした場で私を階級で呼ぶのは、できればやめてもらってもいいだろうか？今は仕事の場ではないし、人は裸になれば対等だろう？」

「……で、ですが……」

「とは言っても、名で呼ばれると別の意味で少し居心地が悪いのだが。私の名は、芝居道楽の両親に趣味でつけられた名なのでね。当の役者ほどの美丈夫でもないし」

久慈が困ったふうに言って、ゆったりと体を起こす。

「まあいい。せっかくだから私も起きることにするよ。きみに着替えを貸してやろう。それから朝食を作って……、きみも食べるだろう？」

特に返事を待つつもりもなさそうな様子でそう言って、久慈が立ち上がる。

そのままクローゼットに歩み寄って手早く下着とコットンのTシャツを身につけ、未開封のものを持って戻り、当然のようにこちらによこしてきた。

なんだかもう、今すぐ帰りますとは言えない雰囲気だ。

というか帰るにしても、そもそもここはどこなのだろう。彼の家なのか。

貸してもらった少し大きいサイズの衣服を身につけ、部屋を見回していると、久慈が察したように言った。

「ここは私のセカンドハウスだよ。個人的に誘いたいと思った相手だけを連れてくる。最寄りの駅は、神楽坂になるかな」

「神楽坂……」

「六本木からそれほど遠くはないが、一応途中で車を乗り換えた。きみがここに来ていることは誰も知らないし、気づかれてもいないだろう。その点は安心してくれていい」

（いや、逆に安心できないだろ、それ……！）

真木はごく一般的な警察署の刑事で、日々誰かに尾行されていないか気をつけなければならないような立場ではなかった。

久慈は公安の幹部だが、ノンキャリアのいわゆる実動部隊とは違い、普段からそこまでの用心が必要な立場だとは思えない。

昨日の店に「偶然居合わせた」ところからして、どうにも怪しすぎるのだ。

やはり、以前から監視されてでもいたのだろうか。

（狩野さんの事故のことを、俺があれこれ嗅ぎ回っていたからか？）

久慈と直接話をしたのは昨日の昼間が初めてだ。

それなのに真木の性的指向や、時折その手の店を利用することまで知られていた理由は、それくらいしか思いつかない。

今更公安の幹部相手に隠し事をしても意味はないだろうし、むしろ本当のことを話したほうがいいのではないかと、なんだかだんだんそう思えてくる。

（でも、狩野さんとのことは……）

真木が狩野と付き合っていたことは、もしもまだ知られていないのなら、あえて話したくはない。

二人で刻んだ時は二度と戻らない大切な時間だし、誰にもそれを汚されたくないからだ。

真木は少し考えてから、窓の遮光カーテンを開けて部屋に光を入れている久慈の背中に、言葉を投げかけた。

「警……、あ、いえ、久慈さん。その、昨日は助けていただいて、ありがとうございました。あなたがいらっしゃらなければ、俺はあの男にレイプされていました」

「そうならなくてよかった」

「久慈さんが考えてらっしゃるとおり、俺はゲイです。ときどき、ああいう店を利用して相手を探すこともあります」

真木は言って、こちらに向き直った久慈にさらに告げた。

「でも、昨日あの店に行ったのは、そのためじゃありません。ネットで気になる情報を見つけて、それを確かめたくて行ったんです」

「気になる情報、とは？」

「狩野さんの死に関係することです。俺、狩野さんが亡くなったときのことをずっと調べてきました。あの人が最後に電話をしてきたのが、俺だったから」

誰にも話したことのない事実を告白すると、久慈が僅かに瞠目した。

電話の内容を訊かれるだろうかと、そう思ったけれど、久慈は少し思案げな顔をしただけだ。ややあって、真木に話の続きを促すように訊いてきた。

「それで……、何かわかったのかい？」

「狩野さんの事故に直接繋がりがあるかどうかは、わかりません。でも彼が死の直前に話していた言葉から、俺はとある組織にたどり着きました。そしてその組織に関係しているとおぼしき人物を、昨日あの店で見かけました」

「組織……。それは、どういった組織なのかな？」

「冷戦後に、体制が崩壊した共産圏で生まれた組織です。闇取引や、武装集団を率いての破壊工作やテロ行為を行っていて、近年は東アジア圏にも勢力を伸ばしています」

真木は言って、よどみのない口調で続けた。

「俺は、狩野さんがその組織の日本での活動を監視し、内偵する仕事に携わっていたのだと考えています。そしてなんらかの事情で、彼らに殺されたのだと。荒唐無稽な話だと、お笑いになりますか？」

真っ直ぐに久慈の目を見据えて、真木は問いかけた。

否定されようが一笑に付されようが、もうどうでもいい。

半ば開き直ってしまった感じもするが、三年間独りで抱えてきたものをぶちまけて、なんだか少しすっきりもした。

どうかしていると思われて、リアルに今後の昇進に響いたりするのなら、それはそれで困るのだが――――。

「きみは、それを独りで調べたのか？　誰の手も借りずに？」

「それは、そうです。こんな話、誰にでも話せるわけではないですし」

「そうか。……ふふ、素晴らしい。実に素晴らしいよ、真木君！」

「っ？」

久慈がどうしてか目を輝かせて窓際からこちらへ駆け寄り、ベッドに腰かけたままの真木の目の前に屈んで目線を合わせてきたから、一瞬たじろいだ。

驚嘆と興奮の交じった声で、久慈が言う。

「きみの言う組織の名は、『スカルピオーン』だ。そうだね？」

「そ、そうです、そのとおりです！　ご存じなのですかっ？」

「もちろんだとも」

久慈が言って、意味ありげな目をする。

「なるほど、そこにたどり着いてあの店へ行ったのか。飲み物にドラッグを盛られたのはうかつだったが、それ以外は合格だよ。やはり、きみが欲しいな」

「……？」

合格、というのは一体どういう意味だろう。欲しい、とは……？

久慈の言葉の意味を測りかね、訝りながらその顔を見返す。

するとと久慈が、秘密めかした声で切り出した。

「きみはなかなかいい線を行っている。狩野君の事故死には、確かに少し不審なところがあるんだ。公安内部でも継続して捜査を続けている」

「それは、本当なのですかっ？」

「ああ。だが、これは機密案件でね。だから昨日の昼間、きみにその話をすることはできなかったんだ」

「そう、なのですか……？」

だったらなぜ、今ならその話ができるのだろう。

軽い引っかかりを覚えながらも問いかけると、久慈がごくさりげない口調で告げてきた。

「実はね、真木君。ちょうど今、私の下で独自に動いてくれる、裏社会にはあまり顔を知られていない人員を探していたんだ」

「あなたの下で？」

「そうだ。きみは狩野君の死の真相を知りたいし、公安畑に進みたいとも思っているんだろう？　私の仕事を手伝ってくれるつもりがあるなら、明日にでも警視庁公安部に異動させると約束する。そう言ったらどうする？」

「ちょ、待ってください、いきなり、そんなっ……？」

将来は警視総監に、などと囁かれているほどの優秀なキャリア官僚だとはいえ、そんなことが可能だとは思えない。

可能なのだとしたら、それは久慈が、何か特別な立場の警察官僚だということだ。

たとえば公安の秘密機関の幹部だとか……？

（独自に動くって、もしかして、そういうことなのか？）

元々公安の捜査員は、一般の警察官とは違い、所属部署とはまったく別の現場で捜査を行ったり、他県の公安部から集められた人員とチームで行動することなどもあるという。

さらに公安の中枢には、サクラやチヨダ、ゼロなどと呼ばれる秘密機関が存在していて、末端の捜査員には最終的な目的も全貌も知らされないような、高度で機密性の高い情報収集活動を行っているという話だ。

もしや久慈は本当に秘密機関の人間で、真木を実動部隊の一員として自分の直接的な指揮下に置きたいと、そう考えているのだろうか。

だとしたら、ある意味願ってもないことではあるが。

（……いや、待て。さすがにそんな上手い話、あるわけないだろ！）

真木が公安部への異動を希望しているのは確かだ。

でも、三年間独自に調査活動をしてきたというだけで、公安の、いわば精鋭部隊に加えてもらえるほど、警察組織は甘くないはずだ。

久慈の人事権がどれほどのものかは知らないし、彼が抱える独自の案件の内容もわからないが、端的に言って、今の真木では実力不足であるはずだ。

それなのにそんな提案をしてくるとすれば、それは――――。

「……久慈警視。あなたは、一体何をたくらんでいるのですか」

「たくらむ？」

「今の自分にそこまでの能力があるとは、俺にはとても思えません。何か、お考えがあるのではないですか？」

そう言うと、久慈は目を丸くしてこちらを見つめた。

それから不意に噴き出し、声を立てて笑った。

「ふふ、ははははっ」

「警視っ？」

「いや、すまない、きみはとても謙虚なのだね！　その上ひたむきで真面目で、嘘がない。それは素晴らしい能力だと、私は思うがね？」

「しかし、俺は……」

「いや、答えてくれなくていい。きみが自分というものをどう捉えていようと、私は私の見立てで人を見極めるだけだからね」

久慈がそう言って、少し考えるように視線を浮かせる。

「でも、そうだな。なんであれ、交渉事に自己開示は必要だろう。そうでなければ信頼関係を築くことはできない。何においてもそれは確かなことだ」

久慈がこちらに視線を戻し、確かめるように訊いてくる。

「真木君。私のセックスは、きみの好みではなかったかな？」

「はっ？」

「きみは、ゲイだと言ったね？　実を言うと私もそうなのだ。いや、以前はバイだったのだが、今はもう男性しか愛せない。心でも、体でもだ」

「久慈さん……」

あんなにも手慣れたやり方で真木を抱けるのだから、改めてそう言われても、もう驚きはしない。

だがこの話の流れはよくわからない。

一体何が言いたいのだろうと、注意深く顔を見つめると、久慈が言葉を続けた。

「性的指向を打ち明けたところで、今どきどうということもなくなってはきたが、いまだにそれを何かの判断材料にする者は多いし、何より私は警察庁のキャリア官僚だ。立場上、相手を見つけるのにはかなりのリスクが伴う。それはある程度きみも同じだろう、真木君？」

「それは、確かにそうですが」

「そこでだ。よければきみに、私のステディな相手になってほしいのだが」

「……ステ、ディ……？　って、それはつまり、恋人に、という意味ですかっ？」

「もちろん体だけの関係だよ。お互い警察官で身分は明らかだし、秘匿の面でも心配は少ないだろう。きみも、ああいう店で一夜の慰めの相手を探さなくて済む。悪くない提案だと思うのだが、どうだろうか？」

「……っ、あなたは、もしかして最初からそのつもりでっ……？」

公安に監視でもされていたのかと思ったが、まさかこんな形で目をつけられていたとは思わなかった。

自己開示や信頼がどうのと言ってはいたが、久慈の提案をのまなければ、恐らく真木は、狩野の死の真相についてこれ以上知ることはできなくなる。

それどころか、公安部に異動する道すらも閉ざされる。

これはそういう「交渉事」なのだろう。

知らぬ間に久慈の策にはめられていたことに気づいて、愕然とする。こちらが拒めない交渉なんて、強要となんら変わりないではないか。

「昨日のきみは、とても素敵だったよ」

久慈が真木を上目に見上げて、低く囁く。

「きみとは肌が合う。クスリなどなくても、昨日よりももっと情熱的ないいセックスができると私は確信しているんだ。よければ今からそれを証明したいが、どうかな？」

「警視っ……、あっ……！」

久慈が不意に身を寄せてきて、真木の膝の間に割り込み、内腿にチュッと口づけてきた。

慌てて逃れようとしたが、そのまま身を乗り出してきた久慈に圧し掛かられ、口唇を奪われる。

「ん、ンっ、ぁ、ふっ……！」

口を閉じるよりも早く、口腔に肉厚な舌を挿し入れられ、逃げ惑うこちらの舌を搦め捕られて口唇で吸い立てられる。

抗おうとした手はするりといなされ、指を絡められて柔らかくシーツに縫いつけられた。

胸と腹を合わせて厚みのある体躯を重ねられ、キスで激しく蹂躙《じゅうりん》される。

「ふ、ぅう……、あ、むっ」

ねろり、ねろりと上あごを舐《ねぶ》られ、舌下を深くまさぐられて、それだけで背筋がビンビンとしびれる。

昨日はクスリのせいで意識がまともではなかったから、何もかもきちんと味わえなかったが、久慈のキスは恐ろしく巧緻で、逃れようもなく劣情をかき立てられる。

口づけ合っているだけなのに、体の芯までなぞられているようで、背筋からうなじ、脳髄の辺りまで、ビリビリと電流が走ったみたいに震え出した。

重なった下腹部の間で自身がもたげ始めるのを感じて、かあっと頭が熱くなる。

「……これがきみの答えだと、そう受け取ってかまわないかな？」

「そ、んなっ」

「きみが反応したから、ほら、私までこんなになってしまった。もう一度、今度はクスリなしで、きみと抱き合いたいな」

「……！」

下腹部をぐっと押しつけられ、久慈のそれも欲望の形を取り始めたことを知らしめられる。

クスリで強制された狂乱の時間、繰り返し真木の内腔を行き来し、最奥を何度も突いて、数えきれないほど頂を極めさせた久慈の熱杭。

その圧倒的な存在感に、知らず体が潤む。恥ずかしく欲情していく自分を、止められなくて――。

「嫌だと感じたなら、どんな状態であってもそう言ってくれていい。でもそうでないのなら……、どうか素直に悦びに溺れていてくれ」

「ンん、ぁ、んっ……」

もう一度口唇を奪われ、真木の理性の糸はぷっつりと切れた。

体を這い回り始めた久慈の手の感触に、真木はクラクラとめまいを覚えていた。

◆　◆　◆

真木の警視庁公安部への異動は、それからほどなく決まった。

警察署の同僚にも、警察学校の同期たちにも一様に驚かれたが、以前から希望していたこともあり、何か怪しまれたりすることはなかった。

真木は晴れて、亡き狩野と同じ公安部外事課の所属となったのだ。

そして同時に、久慈との個人的な関係も始まった。


「……体を起こすよ、真木君」

「んっ、あ、あっ……！」

四つに這って背後から雄を挿入されたまま、久慈に上体を抱え起こされ、安座した状態の下腹部の上に座らされた。

自重で体が沈み、まだなじんでいない内腔を奥まで剛直で貫かれ、臓腑がせり上がる感覚に震える。

はあはあと息を整える真木の背後から、久慈が耳朶《みみたぶ》に口づけて言う。

「息が荒いね、真木君。お疲れかな？　三回戦目だし、もう少し休んでからのほうがよかったかい？」

「っ、ん、平気、ですっ」

「ふふ、そうか。それは頼もしいね」

「ぁ、はっ、あ、ぁ……！」

久慈が腰を使い、下から突き上げてきたから、愉悦の声が洩れる。ホテルのシンプルで飾り気のないベッドが、微かに軋む音を立てる。

初めての朝に久慈にされた提案を、結果的に真木はすべて受け入れた。

あれからひと月が経ち、今は警察学校で公安研修を受けながら、久慈に個人的に命じられた仕事をこなす毎日だ。

そしてその合間を縫ってこうして逢い、抱き合っている。

久慈と逢う場所は毎回違っていて、今日は都心から少し離れた郊外にある、目立たないビジネスホテルだ。

調査報告や打ち合わせを兼ねているとはいえ、ほとんど密会みたいなものだから、久慈が面白がって「刹那の恋人との逢引の時間だ」などと言うこともあるが、愛情を抱き合っているわけではもちろんなかった。

二人の関係は上司と部下であり、また端的に言ってセックスフレンド以上でも以下でもない。

日々忙しく、正直疲労が溜まっているのを感じてはいるが、それは意地でも言いたくないことだ。

（だってこれは、俺が望んだことなんだから）

久慈にも真木にも、お互いに目論見があって、それゆえにこういう形に落ち着いたのだ。弱音や泣きごとを言う暇があったら、少しでも公安捜査員としての技能を磨くべきだと、真木は考えている。

とはいえ、久慈に課せられるミッションは、かなり集中が必要だったり、細かい気配りをする必要のある作業が多かった。

おおむね尾行や監視、交友関係の調査などだが、大きな事案のほんの一部の要素であるらしく、それが何を意味するのか、全体像がまったく見えないのだ。

逢えば逢ったでセックスはいつも濃厚、始まるとなかなか解放してもらえないので、体力には自信がある真木でもいくらかきついときがある。狩野の死の真相を探るためとはいえ、割に合わないのではと感じることもなくはない。

幸い真木が狩野と付き合っていたことは知られていないようなので、その点はよかったが、久慈はいろいろな意味でパワーがありすぎる。

（でも、少なくとも、俺が被害者ぶるような関係じゃないよな）

別に、彼に無理やり奉仕させられているわけではない。

久慈と抱き合えば普通に快感を覚えるし、繰り返される濃密な行為に我を忘れて溺れてしまうこともある。

公安に異動できたのも、狩野の事故に関する捜査が現在も継続中であると知ることができたのも、どちらも久慈のおかげだし、割に合わないなんて思うのは図々しすぎるだろう。

久慈と真木とは、お互いに利害の一致を見て、利用し合っている関係なのだから。

「……あっ！　う、ぅっ、ふうっ」

「奥がうねってきた。達きそうなのかい、真木君？」

「う、んっ」

「じゃあ、一緒に達こう。私と、一緒に」

久慈がそう言って、背後から真木の膝裏に腕を回し、体ごと抱え上げてくる。

そのまま大きく体を上下に動かされ、激しく追い立てられる。

「ああっ！　あっ、はぁっ、ああっ！」

今夜はもう三度目だから、楔が抜けそうなほど身を持ち上げられ、一気に落とされて最奥までズンと貫かれても、熟れきった真木の後ろは柔軟に受け止める。

感じる場所を擦られて裏返った声を上げるたびに、勃ち上がった真木自身がぶるりと跳ね、切っ先からは透明液が撒き散らされた。

されるがままに揺さぶられ、腹の奥の奥まで久慈で埋め尽くされて、やがて内腔がキュウキュウと収縮し始めて――――。

「ひ、あっ、ア、アッ……！」

「くっ……」

真木の鈴口がドクドクと白蜜を溢れさせ、久慈が動きを止めて唸る。

同時に達することはあまりないが、体内の久慈がビンビンと跳ね、耳元で淫らに息を乱すのを聞くと、この関係をあれこれと考えるのは、意味がないことのように思えてくる。

久慈が真木を「刹那の恋人」などと呼びたがる理由が、ほんの少しだけ理解できるからだ。

（これは、大人のゴッコ遊びなんだ。気持ちなんてなくても、体は悦びに溺れられる……）

狩野のことをまだ忘れられずにいるのに、久慈とのなんとも爛れた関係に、どっぷりとはまりきっている自分。

こんな姿を見たら狩野はどう思うだろうか。

半ば自嘲するみたいに、そんなことを思う。

「……よかったよ、真木君。先に浴室を使うかい？」

「あとで、いいです……」

真木は答えて、疲れた体をシーツの上に投げ出していた。

それからしばらく経ったある日のこと。

その日、真木は早朝から東京近郊のベッドタウンにある、とある賃貸マンションの一室の住人を屋外から監視する任務に就いていた。

前夜から低気圧が近づいていて天候が悪く、真木が交代した捜査員は、フード付きの防水コートを着ていたのに靴の中までずぶ濡れだった。同じ装備の真木も一時間ほどでそうなった。

せめて車が使えたらよかったのだが、賃貸マンションの立地の関係で車両は目立つとの判断で、移動も徒歩でということになったのだ。

（……そろそろ、六時か）

住人は東欧からの留学生で、都心の大学に通っている。

昨日は一日休講だったようだが、夜中に新宿に出て友だちと会い、そのままオールナイトで個室居酒屋をはしご、始発で帰宅している。

一見すると、日本に来て怠惰な学生生活を覚えてしまったよくいる留学生だった。

国に帰れば家がそこそこ裕福なので、日本での修学期間を終えたらまた別の国に留学するつもりらしいのだが。

「……？」

いきなり携帯のバイブが震えたので、雨に濡れぬよう取り出して手をかざすと、久慈からのメッセージだった。

連絡が来る予定はなかったのだが、何か緊急の知らせか。

（……移動？　やけに急だな）

突然の計画変更。だが現場ではよくあることだ。

真木は携帯をしまい、フードを深くかぶってさっと持ち場を離れた。

少し歩いて大きな通りに出て、人通りのない路地へと入っていく。

するとほどなくして、背後から一台のセダンが近づいてきて真木の隣に並んだ。

開いた後部座席のドアの隙間にさっと滑り込むと、奥に久慈が座っていた。

「お疲れ様、真木君。……おやおや、ずぶ濡れだな」

久慈がハンカチを取り出し、真木の顔の水滴を拭う。

下着まで濡れているような状態なのであまり意味はなかったが、されるがままになっていると、久慈が運転手に告げた。

「このまま彼も連れていく。向こうの準備はもう終わっているな？」

「はい、警視」

「では急ごう」

久慈が短く告げる。一体どこへ行こうとしているのだろう。

気になるけれど、久慈はそれ以上何も言わずに黙って目を閉じた。

微かに漂う緊張感。

久慈はいつも穏やかで親しみやすく、初めて話したときですら、話しかけづらい雰囲気などは感じなかった。

だが、今は違う。隣に座っているのに彼の意識はここではないどこかにあって、何かに集中しようと神経を研ぎ澄ましているように見える。うかつに声をかけてそれを妨げてはいけない気がして、真木も黙って前を見た。

車はそのまま半時ほど嵐の中を走り、やがて都心のとある古びた雑居ビルの地下へと、吸い込まれるように入っていった。

(ここは……？)

都内のどの辺りなのかはもちろんわかるが、どういう建物なのかはわからない。

何やら目つきの鋭い警備員が二人、入り口に目を光らせている横を、車がすっと通り抜けると、そこは広めの駐車場になっていた。車はほとんど停まっておらず、がらんとしている。

建物の上階へと続くエレベーターの脇には喫煙所があって、体格のいい男が二人、タバコを口に咥えて物憂げにこちらを見ていた。

(……あの二人、どう見ても素人じゃないな)

一見すると特徴のない、スーツ姿の会社員のようだが、二人ともよく見ると目つきに鋭さがあるし、やたらと姿勢がいい。恐らく、駐車場に入ってくる車とエレベーターを使う人間を監視している警察関係者なのだろう。

警視庁の本庁舎は霞が関にあるが、捜査の利便性や秘匿の都合上、それとはわからない拠点が都内各所にいくつもある。どうやらこの建物もその一つのようだ。

エレベーターから少し離れた場所に車が停まると、久慈がようやく口を開いた。

「私についてきなさい、真木君。ただし、ことが終わるまで質問はなしだ。部屋の後ろに立って、決して邪魔をしないこと。いいね？」

「は、はい」

ここで、これから一体何が始まるのか。まったく見当もつかないまま、久慈のあとについて年季の入ったエレベーターに乗り込み、上階へ上がる。

ピン、とレトロ感のある音とともに停止し、扉が開くと、目の前には狭い廊下が続いていた。警備を担当している警察官が黙礼する中を進み、最奥にある重そうな鉄のドアの前まで行くと――。

「……っ！」

開いたドアの向こうに広がっていた予想外の光景に、真木は息をのんだ。

縦横に何台も並ぶモニターと、コの字形に何列か並んだ長テーブル。

ノートパソコンやタブレットを手にした数十人の男女——恐らくは公安捜査員たち——のきびきびとした動作と、短いやり取り。

どうやらここは、何かのオペレーション・ルームのようだ。久慈が部屋に入っていき、右手奥のテーブルにつくと、皆それを合図にしたように、それぞれの持ち場へと戻っていく。

真木は久慈に言われたとおり、邪魔にならぬよう部屋の後方の壁際に立った。

(何が始まるんだろう、ここで)

モニターに映る映像は様々で、どこかの監視カメラの映像のように見える。

何やらよくわからなかったが、よくよく見てみるとそのいくつかに映っている風景に見覚えがあったから、真木はハッとした。

一番特徴的なのは、首都圏近郊のとある国道沿いにある、かつてドライブインと呼ばれていた頃の煤けた看板がかかったままの、古めかしい飲食店だ。

そこは、真木が数人の捜査員と組んで監視と内偵の任に当たり、店の内装や間取り、出入りする人間、仕入れの業者やその経営実態に至るまで、とにかく細かく徹底的に調べ上げた店だ。

どういう案件に関わる捜査なのか、まだ研修中の身ゆえか、ほとんど知らされていなかったから、ここに来ていきなり映像で見知った光景を見せられて面食らう。

そんな真木をよそに、久慈が周りの捜査員に短く訊ねる。

「運び屋は？」

「先ほど中に入りました」

「中の様子はどうかな」

「ブツを運び出す準備はできていますね。向こうも指示待ちのようです」

「そうか」

久慈がモニターを見据え、思案げに眉根を寄せる。

部屋に詰めている捜査員たちの間に、緊迫した空気が流れる。

するとややあって、一人の捜査員がインカムに手を当てて声を発した。

「狙撃班、所定の場所にて待機。いつでもいけます」

（……狙撃だってっ？）

バイパスが開通して車の行き来が減り、すっかり寂れてしまった国道沿いの、潰れかかった小さな飲食店だ。狙撃班が必要なほどの何が、あそこにあるのだろう。

雨で湿った体が緊張の汗でさらに濡れるのを感じながら、真木が黙ってモニターを凝視していると、久慈がやおら頷いて、短く告げた。

「オーケー。では、始めようか」

まるでパーティーでも始めるみたいな、久慈の優雅な声。

だがその声に応じ、捜査員たちが一斉に動き始める。

モニターにも大勢の捜査員が映り、次々と店の中へと入っていく。

なんらかの強制捜査が開始されたようだ。モニターには店の内部を映した画面もあり、中にいた数人の人間たちが慌てている様子が映し出される。

こちらのオペレーション・ルームの捜査員たちのインカムには、刻々と移り変わる状況が逐一入ってくるらしく、時折報告の声が上がる。

「店主の身柄確保。地下への突入に成功」

「運び屋発見。同じく身柄確保」

「裏口にて逃走を試みた工作員数名を拘束」

（……凄い、な……）

警察署勤務では経験したことのない、強制捜査の迫力に、おののきつつも興奮する。

いまだになんの手入れが行われているのかもわからないものの、自分が関わった内偵と監視がこんなふうに作戦に活《い》かされ、形になって現れてくるのを見るのは初めてだ。

立案したのは久慈なのだろうか。指揮を執るに当たり真木を連れてきてくれたのは、この光景を見せるため――――？

「……ロケットランチャー七丁、実弾およそ百発、発見しました！」

捜査員の一人が、ひと際大きな声で叫ぶと、部屋がおお、と歓喜の声に包まれた。

久慈が薄く微笑み、静かに言う。

「ふむ、どうやら成功だな。諸君、よくやってくれた」

涼しげな久慈の声が、真木の鼓膜を撫でる。

知らず鼓動が速まっていくのを感じながら、真木は久慈の顔を見つめていた。


あの国道沿いの煤けた飲食店が、近くの海岸から違法に荷揚げされた武器の密売の場になっていたこと。

真木が雨の中で監視していた留学生がその仲介を請け負っていたこと。

バイヤーの運び屋が、今朝大量の武器を運び出す手はずになっていたこと。

作戦が成功したあと、真木はようやく久慈に、今朝の事案について聞かされた。

そして、今回の強制捜査は密売組織全体の摘発と、武器の買い手を特定するための第一歩で、現時点では表沙汰にされることはないため、機密の保持を厳格にすることを言い含められた。

自分は公安警察の一員になったのだと、真木は身の引き締まる思いで拠点をあとにしたのだった。

「警視庁の本庁舎まで」

すっかり雨も上がった、その日の夕刻のこと。

真木は自宅を出てタクシーに乗り、行き先を告げて背もたれに体を預けた。

早朝の強制捜査のあと、久慈は直属の部下たちと警察庁へ向かい、ずぶ濡れだった真木はそのまま帰宅させられた。

その後は一日非番になったから、温かい風呂に浸かったあと睡眠を取っていたのだが、先ほど急に久慈から連絡があり、警視庁の本庁舎の応接室に呼び出されたのだ。

今朝の捜査の報告や後処理が終わりそうなので、警視庁《そちら》に出向いて新しい任務についての打ち合わせをしたいという、ごく短いメッセージをもらったのだが、久慈はもしや、あのあともずっと働きづめだったのだろうか。

「やあ、来たね」

指定された部屋のドアを開けると、応接ソファにかけていた久慈がさっと立ち上がり、笑みを見せて出迎えた。

作戦指揮のため、昨晩から寝ていないはずだが、久慈は疲れたふうでもなく、至って快活な様子だ。オペレーション・ルームの独特の緊迫感を思い出して、真木の胸にまた興奮が甦ってくる。

久慈に促されて向かいのソファに腰かけると、彼も座って訊いてきた。

「今朝はお疲れ様。十分に休めたかい？」

「はい。というか、俺は何も……」

「そんなことはない。あの留学生の監視を続けたことによって、今日という日が特定されたのだ。チームの一員として、きみもよくやってくれた」

久慈がそう言って頷く。

「今回の件に関わった人員は、全国の公安捜査員の中でも精鋭ばかりだ。きみもいずれは正式にそこに加わることになるだろう」

「俺も、ですか？」

「ああ。きみはまだ新米だが、観察眼と直感力に優れている。きみなら現場の指揮も任せられると私は考えている。期待しているよ、真木君」

「警視……」

一般に公開されている情報ではないが、久慈は警察庁公安の秘密機関「ゼロ」の幹部だ。オペレーション・ルームにいた捜査員も恐らくほぼそのメンバーで、久慈はいわば精鋭中の精鋭を率いる立場にある。

そんな男に仕事の結果で褒められたなら、さすがにお世辞だとは思えない。

爛れた関係ではあるが、こと仕事に関してはきちんと評価してくれているということなのか。手を抜いていたつもりなどはもちろんないが、この男に期待されているなら、こちらも応えなければという気持ちになってくる。

「さて、ではさっそくだが、次の仕事の話をしよう。まずはこれを見てくれ」

久慈が言って、傍らの書類ラックからファイルを取り出す。

十センチほどもある分厚いファイルだ。受け取って開くと、中身は顔写真付きの調査書類の束だった。五、六十人分はあるだろうか。

「まだ、詳細については話すことができないのだが、これはとある案件に関わりのある者、その周辺の人物に関する調査資料だ。きみにはなるべく早く、ここに載っている全員の顔と名前、経歴を頭に叩き込んでおいてもらいたい」

(全員！)

ざっと見た感じ、年代も国籍も性別もバラバラだ。これだけの情報量を覚えるなんて、相当の時間と集中力を要する。

なんだか圧倒されてしまうけれど、多くの人間が関わっているということは、それだけ社会にとっての脅威も大きいということだ。真木は頷いて言った。

「わかりました。とにかく全員覚えます」

「そうしてくれ。まあとりあえず、今夜はこの二人だけ覚えてくれればいい」

そう言って久慈が、付箋のついたページを開く。

欧米系白人の顔写真。

名は「ディック・カーン」とある。なんとなく、どこかで見たことがあるような……？

「彼のことは、もしかしたら知っているかもしれないな。統合型リゾートの経営で成功した実業家だ」

「……あ、もしかして、カジノ客船の？」

「そのとおり。だが、それは彼の表の顔だ」

そう言って、久慈がこちらを見つめる。

「彼は、『スカルピオーン』の幹部だ。そして組織が抱える武装集団の実質的なボスでもある」

「なっ……？」

「若い頃から組織の重鎮に気に入られ、取り立てられてはいたが、以前はそこまでの発言力はなかった。だが五年ほど前、彼は私兵を率いて『スカルピオーン』の旧幹部たちを次々に殺害し、病床の重鎮を取り込んで幹部にのし上がった。いわば、クーデターのようなものだね」

「この男が……」

「スカルピオーン」の存在は知っていても、幹部構成員の顔などもちろん知らなかったから、思わず顔写真を凝視してしまう。

実業家らしい自信と気概に満ちた表情からは、血腥《なまぐ》ささなど少しも感じられない。

だがこの成功した実業家としか見えない男が、武装集団を率いている。

狩野の見ていた世界に少しだけ近づいた気がして、胸が高鳴ってくる。

「三か月後になるが、カーンは都内で民間業者が開催するカジノ推進シンポジウムに登壇するために、来日することが決まっている」

「日本に来るのですかっ？」

「ああ。それに合わせて、彼が所有するカジノ客船も日本に寄港する予定だ。船には多くの人の出入りがあるだろう」

久慈がそう言って言葉を切り、よどみなく続ける。

「客船に関しては海上保安庁の管轄になるが、公安警察としては、彼が日本で誰と会い、どこへ行くのか、船に誰が出入りするのか、徹底的にマークして情報を集めることになる。もちろん、きみにもやってもらうよ」

「……はい……、はい！」

すっかり興奮して、勢い込んで返事をすると、久慈が小さく頷いた。

それから、また別の付箋のついたページを開く。

こちらにも写真がついていたが、望遠でぼやけているので顔はよくわからない。

「この男は、通称『K』。残念ながらあまりいい写真がない。数年前から世界各地のテロ事件に関与しているとして、各国の情報機関が追い始めた。人種も国籍も、経歴はまったく不明だが、カーンの私兵の一人ではないかといわれている」

「ということは、この男も組織の一員ですか？」

「そう断定していいだろう。半年ほど前にマカオで目撃されているが、今はもういない。日本に潜伏している可能性もゼロではないといわれていて、関係各所で警戒を強めている。カーンの来日時に、接触があるかもしれないからね」

「そう、ですか……」

真木が追っている組織、「スカルピオーン」に関係する二人の男たち。

狩野の死の真相に何か関係があるかどうかは、もちろんわからない。

でも久慈がこの事案に自分を引き入れてくれるのは、真木が何を望んでいるか彼がよく知っているからだ。必ず成果を上げなければと、心が奮い立ってくるけれど。

(俺で、いいのかな)

自分はまだ研修中の身であるし、この件は今朝の案件よりもずっと慎重さが要求されるだろう。

抜擢されておいて何か失敗でもしたら、久慈に迷惑をかけてしまうのではと、微かな不安も感じる。真木はおずおずと訊ねた。

「……警視、その……、もちろん全力を尽くすつもりではいますが、俺に務まるでしょうか？」

「そう思ったから任せようとしているのだよ。もっと自信を持ちたまえ」

久慈がさらりと言って、ソファの背もたれに背中を預ける。

「ふう……、これで一応は、今日という日を終えることができる。長い一日だった」

「あの、もしかして、昨日からずっと起きて……？」

「あまりいいことではないとわかってはいるがね。まあ大丈夫さ。熱いコーヒーの一杯も飲めば、ひとまず家には帰れる」

そう言って、久慈が目頭の辺りを指で押さえる。

快活に見えたが、本当はだいぶ疲れているようだ。無理をしているのではないかと少し心配になってくる。

「コーヒー、俺淹れてきますよ」

「きみが？」

「はい。ちょっと、待っててください」

どうしてか彼に何かしてあげたいような気持ちになったから、思いつきでそう言って立ち上がる。

意外そうな顔の久慈を残して、真木は応接室を出ていった。


「……よし、まずまずの香りだ」

コーヒーカップをソーサーごと持ち上げ、淹れたばかりのコーヒーの香りを胸に吸い込んで、真木は独りごちた。

応接室に久慈を残し、フロアの隅にある給湯室へ行って戸棚の中を探ったら、マンデリンの中細挽きがあった。

久慈が好きな味かはわからなかったが、美味しいコーヒーを淹れる自信はあったので、真木は数年ぶりにドリッパーでコーヒーを淹れた。

両親の影響で元々コーヒーは好きで、こだわって飲んでいたものだが、その両親も五年ほど前に相次いで亡くなり、近頃は忙しさにかまけてインスタントで済ませていたのだ。ドリッパーをセットして湯を沸かし、少しの手間をかけて淹れる。

それすらもできないほど、心に余裕がなかったということだろう。狩野が亡くなってからは特に。

（狩野さん、俺が淹れるコーヒーをいつも美味いって言ってくれたな）

振り返ってみると、そういう些細なことも思い出すのがつらかったのかもしれない。

お互いの家を行き来して、一緒に食事をしたり、何もせずテレビをぼんやり見ていたり。そういうときに飲むコーヒーの味、芳醇《ほうじゅん》な香りを、できれば思い出したくないと思っていたのだろう。

考えてみたら、こうして誰かのためにコーヒーを淹れようと思い立ったこと自体、ずいぶんと久しぶりのことだったから、なんだか自分でも意外な気がしてくる。

久慈は真木にとって上司だし、別に何もおかしなことはないのだが、そうしようと思ったのは、仕事相手への気遣いというのとはまた違う理由のような気がする。

いつも泰然としていて、弱いところなど見せない久慈が珍しく見せた疲れた表情が、なんだか新鮮だったから――――？

「いい香りだね、真木君」

「うわっ？」

突然久慈の低い声が耳元に届いたから、頓狂な声を上げた。

いつの間に給湯室に入ってきたのか、気づけば久慈が真木の背後に立っている。

真木の背中にスッと身を寄せ、腕を回してコーヒーカップを持ち上げて、久慈が囁く。

「いただきます」

「あ……」

真木の背後に立ったまま、久慈がゴクリと熱いコーヒーを飲む。

ほう、と深く息を吐いて、久慈が言う。

「美味いな。私の好きな味だ」

「それは、よかったです」

「酸味よりも苦味が強いほうが、私は好きなのだよ。これはパーフェクトだ」

そこまで喜ばれると照れてしまうが、どうやらお気に召したようだと安堵する。

でも、こんなところでではなく、応接室でゆっくり飲めばいいのにと思わなくもない。

しかもアツアツのコーヒーなのに、ごくごくとどんどん飲んでいく。

もしかするといわゆるカフェイン依存症で、我慢できないほど飲みたかったのだろうか。

「……とても美味かったよ、ありがとう」

あっという間に飲み干し、真木がシンク脇の調理台に置いたソーサーにカップを戻して、久慈が礼を言う。

「きみのコーヒーはとても深く、それでいて上品な味わいだ」

「そう、ですか?」

「きみにしか淹れられない味だよ、これは。こんなにも美味しいコーヒーを飲めて、私は本当に嬉しい」

久慈がうっとりと言って、肩越しに笑みをよこす。

「だが何より嬉しいのは、きみが私のために淹れてくれたことだ。それが一番、喜ばしいことだよ」

「べ、別にコーヒーくらい、いくらでも……、あっ? ちょっ……!」

大げさに喜びを示されて、なんだかくすぐったい気持ちになっていると、久慈が背後から腕を回して真木の体を抱き締め、肩に顔を埋めてきたから、慌ててしまう。

久慈がふふ、と笑って言う。

「今日は本当は、もう少し早く仕事を切り上げるつもりだったのだよ。今夜はきみと、私の部屋でゆっくり過ごしたかったからね」

「警視……？　ちょ、放して、くださいっ……」

どこか少し甘えた様子の久慈が、ますますぎゅうっと体を抱いてくるので、やんわりとそう言ってみるが、久慈は抱きつくのをやめない。

こんなところ、いつ誰が入ってくるかもわからないというのに。

「雨の中頑張ったきみに、たっぷりご褒美をあげたかったんだけどな」

「そ、れは、ありがたいですが、褒美をもらえるほどの、ことは……」

今にも給湯室のドアが開くのではないかと、ひやひやしながら言うと、久慈がふと顔を上げ、肩越しにまじまじとこちらの顔を覗き込んできた。

そして少し考えるような顔をして言う。

「……いや、そうか。よく考えたら、ご褒美というのもおかしな話だな」

「え……？」

「きみと私は裸になれば対等だ。『刹那の恋人』として、甘く疲れを癒《いや》してリラックスさせてあげたい、というほうが正しいな」

「はっ？　……あっ、何を……！」

背後から回った久慈の手が、真木のシャツのボタンを外して隙間から胸に滑り込む。もう片方の手は下へ移動して、ズボンの上から腿をまさぐってきた。

焦ってもがきながら、真木は言った。

「やっ、ちょ、待ってください！　こんなところでっ……！」

「でも、ここでなくてはできないよ。たぶん今日は、家に帰ったら朝まで熟睡してしまう」

「じゃあ別の日にすればいいじゃないですか！　ていうか、お疲れなのは明らかにあなたのほうでしょう？」

「でも、したい。私は今、とてもきみとセックスがしたい」

「真面目な顔して何を言ってるんですかっ！　結局あなたがしたいだけってことなんですかっ？」

久慈がどうしていきなりそんなに欲情しているのか、一瞬訳がわからなかったが、遠い記憶の彼方に思い当たることがあった。

学生時代、真木は陸上部に所属していたのだが、大会前に根を詰めて練習していると、時々場違いに性欲が高まってくることがあった。

いわゆる、「疲れマラ」というやつだ。

こんな何事もなさそうな顔をしているが、もしかして、久慈も……？

「まあ、そう言われてしまうと身も蓋もないのだが。でも言い訳をさせてもらえるなら、私だって一人の人間だからね。ひと仕事終えたら体が合う相手と有意義なひとときを過ごしたいし、生の喜びを分かち合いたい」

「せいの、喜びって」

「もちろん生きる喜びのほうだよ？　それは人として本質的な欲望で、そうすることで心までも解放されるなら、そこにこそ人が抱き合う意味があると私は思っている」

背後から真木の耳朶に優しく口づけて、久慈が続ける。

「私は、きみも本質的には、そういう行為のほうが好きなタイプだとみているのだが。心を繋ぐセックス。温かく悦びに満ちたセックス……。違うかな？」

「何を、言ってて……、あ、んっ……！」

首筋を舌でなぞられて、声が揺れる。

久慈の手はいつの間にか真木の乳首と内腿を這っていて、真木の劣情を煽ってくる。

もう完全に愛撫の手つきだ。こんな場所で、という真木の焦りも久慈にはどこ吹く風で、瀟洒《しょうしゃ》なホテルの部屋にでもいるみたいに、涼しげに真木の体に触れてくる。

まるで本物の恋人同士のように。

（なんだよ、本質的には、って……！）

エロティックに迫られながら、突然明け透けに心の中を覗かれたみたいな気がしたから、なんだかうろたえてしまう。

確かに、真木にはそういうところがある。

狩野と付き合うまで気持ちがまったくない相手と抱き合ったことはなかったし、狩野とは相思相愛の関係だった。狩野との行為は恋人同士の愛の行為で、心も体も満たされていたのだ。

狩野が死んでから、行きずりの相手と寝ることもあったが、必ず翌朝むなしい気持ちになった。自分がしたかったことはただの性欲処理じゃない、体が気持ちがよければそれでいいわけではないと、何か満たされないものを感じていたのだ。

でもだからといって、まだ狩野を想っているのに、彼以外の誰かと精神的な関係を築けるはずもなかった。

だから真木は、いつも心を見えない鎧《よろい》で守ってきたところがある。

(久慈さんとだって、それは変わらないのに)

真木が久慈と抱き合うのは、狩野の死の真相に少しでも近づくため。

そしてその行為は、お互いに性欲処理としてのセックスだし、心の解放などというものとは無縁の、即物的な理由で十分なはずだ。

それなのに久慈は、心まで繋がるようなセックスを真木が求めていると見抜いて、それを告げてきた。

ただのセフレなのに内面を見透かされるなんて、なんだか少し怖い。

踏み込まれたくないと、そんな気持ちになってくる。

「……どうでも、いいです」

「ほう？」

「仕事が終われば、あなたとはセックスするだけの関係だ。気持ちがよければ別に心なんてどうでもいいです。あなたの好きなように、なさったらいいでしょう？」

自分でも少し可愛げがないなと思いつつも、思わずそんなことを言ってしまう。

つまらない意地を張っても、他人と付き合う上ではあまりいいことはない。

でもこれで久慈が興ざめしてくれたら、こんなところで盛ろうなんて気持ちも、収まるかもしれないし……。

「そうか。では、そうさせてもらうよ、真木君」

「……はっ？　なっ、そんなっ……！」

手早くベルトを外され、立ったまま下着ごとズボンを下ろされて、ギョッとして叫んだ。

さすがにこれはまずいと思い、さっと身を反転させて久慈を突き放そうとしたが、腕をいなされて上体を抱きすくめられ、そのまま口唇を奪われた。

「ん、んンっ、ふ、ぅっ」

口唇を食《は》まれ、舌を吸い立てられて、頭がクラクラする。

首を振って逃れようとしたが、大きな手を後頭部に添えられ、口づけを深められて、ぅ

なじの辺りがチリチリとスパークした。

いつも紳士的な久慈の、本気のキス。

真木を口づけだけで懐柔しようとしているのだとわかっていても、彼との行為に慣れた体は、それだけで潤み始める。

どうしようもなく煽られ、体の芯が疼くのを感じていると、久慈が真木の体にぐっと腰を押しつけてきた。

彼自身がもうすでに硬くなっているのがわかって、めまいがしてくる。

何より真木のそれも頭をもたげ始めているのが、わかってしまったから。

「……ず、るいです、こういう、のは」

唾液の糸を渡らせながら久慈がキスをほどいたので、真木ははあはあと息を弾ませながら抗議した。とぼけるように、久慈が訊いてくる。

「ずるい？　私がかい？」

「こんなキス、されたら……、誰、だって……」

顔を熱くしながらそう言うと、久慈がふふ、と笑った。

「心なんてどうでもよくても、反応してしまう？」

「……っ……」

「まったく可愛いね、きみは」

「か、わっ……？」

「不本意かもしれないが、本当に可愛い。素直なきみは好きだよ」

まるで女の子にでも言うみたいな言葉に、かあっと頭が熱くなる。

そんなことを言われたのは初めてだ。

何か言い返す言葉を考えようとしたが、その隙をつくように久慈が身を屈め、シャツの裾を捲り上げてきた。

半ば勃ち上がりかけた真木の欲望が、恥ずかしく露わになる。

「み、見ないでくださいっ」

「好きにさせてもらえるんだろう、私は？」

「久慈、さんっ！」

「きみがそう言ったんだよ、真木君。だからやめてくれと言っても、今日は聞けない。わかるね？」

「……わ、かりませっ……！　ん、うぅっ……！」

久慈の形のいい口唇が開いて、真木の切っ先をぱくりと口に含む。

そのままぬらぬらと舌で舐り回されたから、頭を反らせて声を殺した。

久慈にフェラチオをされるのは初めてではなかったが、こんな場所で立ったままでなんて、もちろん初めてだ。

声を洩らさぬよう片方の手で口を押さえ、もう片方の手でシンクをつかむと、久慈はそのまま、真木のそれを喉奥まで咥え込んでゆっくりと頭を上下させ始めた。

「んっ……、ンっ……、ぅ、うっ……！」

夕刻を過ぎた警視庁の本庁舎。

あまり給湯室を利用する者もいない時間とはいえ、こんなところでことに及ぶなんてどうかしている。もしも誰かに見られでもしたら、お互いに身の破滅だ。

そういう意味では一蓮托生《いちれんたくしょう》と言えなくもないが、警察官という立場をこんなことで失ったりしたら、この先恥ずかしくて表を歩けないだろう。

どうして久慈は、わざわざこんな……。

(もしかして、怒らせた……？)

心なんてどうでもいい。

言うに事欠いてそんなことを言ったから、久慈は気分を害してしまったのか。だから真木に意地悪をしたくなって、こんなことを始めたのか。

でも、この関係は体だけだと言ったのは久慈のほうだ。なのにそう思ったのだとしたら、彼の気持ちに何か変化が起こったということなのか。

たとえば、体だけでなく心まで触れ合いたい、というような――――？

「あ……！　んんっ、ンっ！」

久慈が上目にこちらを見上げたと思ったら、いきなりきつく幹に吸いついてきて、口唇を上下させるスピードを上げてきた。

窄めた頬の熱さ、そして裏のひと筋に添わされた舌のざらついた感触に、ビクビクと腰が揺れる。

上下の単純な動きだけではなく、口唇を柔らかく使って複雑な形状の雄を愛撫し、感じる場所を的確になぞってくるから、こちらは快感を逃がすことすらもできない。

「あ、ンッ、ゃ、あ……」

キスと同じくらい、久慈の口淫は巧緻だ。

こちらを見上げる久慈の目は淫蕩に濡れ、真木を視線でも犯してくる。ジュプ、ジュプ、と唾液が絡まるいやらしい音に耳もなぞられて、泣きそうなほど感じさせられる。

もうこらえることができない、このまま久慈の口腔に出してしまいたいと、切羽詰まった射精感が高まってくる。

「久慈さ、も、やめ、てっ」

ふるふると首を振ってそう言ってみるが、久慈にやめる気はなさそうだ。

こちらを見上げる目をほんの少し細めて、煽るみたいに軽く歯まで立ててくる。

根元を支える指をキュッと絞られ、追い立てるように動かされたら、危うく叫びそうになった。

もう、すぐにでも爆《は》ぜてしまいそうだ。

「ん、ふっ、久慈、さん、俺もう、無理、ですっ、も、達きそ……！」

涙目で見つめながら、小声で限界を告げるけれど、久慈はますます激しく真木を吸い立ててくる。

腹の底からざあっと快感が湧き上がってきて、臨界点を超えていく。

「つう、んぐ、ううっ……！」

真木は口を手で覆って、自ら腰を揺すりながら久慈の口腔に蜜を吐き出した。

放出のたび、真木の雄が久慈の口の中でビンビンと大きく跳ねる。とめどなく溢れる白濁の量は、いつもよりも多いようだ。

あり得ない場所でされたせいで、興奮しているのだろうか。

だとしたら、こんなにいたたまれぬこともない。

まなじりを涙で濡らしながら久慈を見つめると、真木自身を咥えたままの彼の目元に、うっすら淫靡な笑みが浮かんだ。

そうして口唇を絞りながら、ゆっくりと真木の欲望から離れる。

「っ？　やめてください、そんなもの……！」

久慈が真木の蜜液を吐き出さず、そのままゴクリと飲み込んだので、思わず叫んだ。

恋人同士でもないのにそんなこと、と思ったけれど、久慈はニコリと微笑んだ。

「きみのを、一度ちゃんと味わってみたかったんだよ。私は今よりももっと、きみを深く味わいたいんだ」

「……久慈、さん……？」

「きみの悦ぶ声、表情、甘い吐息……。可愛いきみを、私の五感でたっぷりと味わいたい。私がそうしたいと思うのは、変かな？」

「あっ、な、にを……！」

スッと立ち上がった久慈に腰をつかまれ、そのままくるりと体を反転させられて、よろよろとシンクの縁に手をついた。

すかさず久慈が真木の下を全部脱がせてくる。

真木を後ろから抱きすくめ、いやらしく音を立てて自らの指を舐めて、久慈が言う。

「きみの中に触れるのも好きだよ。とても敏感だからね」

「あっ！　ぁう、う……！」

窄まりを濡れた指でくるくるとなぞられ、ヒクッと反応したところで綻《ほころ》びに指を挿し入れられて、ヒヤリと汗が出てきた。

僅かな唾液だけで、ほかに潤すものもなく侵入してきた彼の指は硬く、内襞に触れられる感触もいつもとは違う。

立ったままというのも初めてだから、何か落ち着かない気分だ。こんな場所でここまでするなんて、あり得ないのでは……。

「ひ、ぅ！」

片方の手で後ろをいじりながら、もう片方の手でシャツ越しに乳首を探られて、そこがツンと勃ち上がったのがわかった。

真木のそこはそれほど感じやすくはなかったが、久慈と抱き合い始めて彼に触れられているうちに、いつの間にか感度がよくなってきた場所だ。

「ふふ、きみは案外、ここが好きだよね。後ろもキュッとしがみついてきたよ？」

「は、ぁっ、ゃ、んン……！」

シャツ越しに先端を引っかかれるみたいに愛撫され、乳輪をくるくるとまさぐられると、腹の底までキュウキュウと反応して、内腔が徐々に熟れてくるのがわかった。

蜜を吸い出されたばかりの熱棒も、二つの刺激でまた硬くなって、先ほどの残滓《ざんし》が混じった半濁液を滴らせ始める。

肩越しにその様子を覗き込んで、久慈が笑う。

「ふふ、きみは本当に素直な体をしているね。胸と後ろを同時にいじられるの、そんなに気持ちがいいのかい？」

「そ、なっ」

「嬉し涙もほら、こんなに溢れて。きみはどこまでも可愛いね、真木君」

「はっ、あぁっ、触、らなっ！　ぁあ、うんっ」

久慈の手が、ジンジンと疼く胸からぬらぬらと濡れ始めた欲望の幹へと移動する。

裏のひと筋を指でなぞられながら、また後ろを水音を立ててかき回されて、頭が曇った。

いやらしい体をしていることを知らされているみたいで、なんだか辱《はずかし》められているような気分になってくるけれど、感じることを止められない。

真木の中にある感じる場所を指で探り当てられ、優しくなぞり回されたら、内奥がジクジクと疼き始めた。

こんな状況でそんなふうになるのだから、いやらしい体なのは確かかもしれない。

（……もう、どうでもいい……）

思いのほか敏感で、感情なんてなくてもキスだけで昂ぶる、真木の体。

久慈にとって、きっと真木はおあつらえ向きの相手なのだろう。

人にバレようがもうどうでもいいから、好きなように抱いて性欲処理をしてくれと、なんだか投げやりな気分にすらなってくる。

首をひねって振り返り、どこか乾いたむなしさを覚えながら顔を見つめると、久慈が間近でこちらを見返してきた。

その顔に、微かに困ったような表情が浮かぶ。

「きみはまた、そんな顔をして」

「っ……？」

「あの店にいたときと同じだ。抱き合う相手にそんな顔をさせてしまうなんて、なんだか少し、自信をなくすなあ」

久慈がぼやくみたいに言う。一体何を言って……？

「真木君、きみは知っているかい？　クラブ『タイニーアリス』の壁際でビールを飲んでいたきみが、私の目にどんなふうに見えていたか？」

「……な、ンっ……？」

真木の後ろに挿し入れる指を二本に増やしてまさぐりながら、久慈が不意に訊いてくる。いきなりなんの話だろう。あの晩の自分が、なんだというのか。

「最初は、悲壮感なのかと思った。でもそういうのでもなくて……。儚《はかな》げ、というのかな。あれはそんな様子だったよ。とても危うく、こちらがヒヤリとするほど虚無感を漂わせていた。あの男に襲われそうになっていたときでさえ。きみは否定するだろうがね」

（虚無感……？）

あの夜、真木はいつものように情報を収集して、「スカルピオーン」に関係する人物を捜すために店に行った。刑事としての目と緊張感、集中力を持ってあの場にいたはずなのに、久慈には儚げに見えたというのか。

「きみは、狩野君の死の真相を知りたいという気持ちに囚《とら》われている。ある意味きみの人生のすべてをかけて、探求しようとしている。でもそれを知ったら、そのあとはどうするつもりなんだい？」

「なっ？　ど、どう、って……」

「考えたことがない？　そんなにも、きみは真相を知ることに夢中なのかい？」

「お、れは……、あっ！　ん、んっ、う……！」

指を三本に増やされ、グチュグチュと音が鳴るほどかき回されて、慌てて声を殺した。

淫猥《いんわい》な刺激と、内面に迫る質問を同時に投げかけられて、頭が混乱する。

納得ずくで抱き合っているはずなのに、久慈はどうしてそんな問いかけをしてくるのだろう。

真木を部下として使い、隠れゲイ同士、低リスクでセックスできる相手として確保したいだけなら、そんなことを訊く必要などないはずなのに。

「……どう、して、そんなことを？」

頼りなく久慈の目を見つめながら、真木は訊いた。

「こういうこと、するのに、そんなの、関係ないでしょう」

「うーん、それはまあ、そうなんだけどね」

久慈が苦笑して、少し考えるように視線を浮かせる。

「ただ、ちょっと思っただけさ。きみの望みが全部叶って、知りたいことを何もかも知り尽くしたあとになっても、きみは私と寝てくれるのかな、とね」

「え……」

「最初に体だけの関係だと言ったから、きみはドライに考えているのかもしれないけど、実際体と心は不可分だ。少なくとも、私にとってはね」

「久慈、さん……？」

思わぬ言葉にドキリとする。

それはつまり、彼にとって真木と抱き合うことは、ただそれだけの行為ではないということか。だから先ほどから、真木の気持ちを気にして……？

「私は、きみにもっと楽しんでもらいたいと思っている。生きることも、セックスも。少なくとも私と抱き合っている間は、ただ気持ちのいいことに素直に身を任せてほしいんだ。過去に囚われることなくね」

「あ、んっ……」

久慈が後ろからするりと指を引き抜いたから、恥ずかしい声が洩れた。

真木の後孔はもうすっかり熟れきって、ヒクヒクと物欲しげに疼いている。

雄が欲しくてたまらないが、投げやりな気分からふと冷静になってみると、ここでこれ以上のことをするのはさすがに不安だ。

久慈だって、まさかそこまでする気はないはず――。

「……久慈さん、も、もう、ここまでで っ……」

「駄目だよ、真木君。私はここできみを好きなようにする。やめたいと言っても、逃がさないよ」

久慈が体を離し、こちらを見つめたままズボンのベルトを外してファスナーを下ろしたから、思わず目を見開いた。

下着の中から現れた彼自身は、雄々しい形をしていた。

「すまないが、あいにくゴムを持っていないんだ。中には出さないようにする」

「久慈さっ……！　あ……！」

体を横向きにされて腰を引き寄せられ、左肢だけを高く持ち上げられて、狭間を大きく開かれる。

そのままためらいもなく身を進められ、肢を交差させながらグプッと熱杭をはめ込まれて、ヒッと喉奥で悲鳴を上げた。

「ふふ、きついよ、そんなに締めつけたら」

「ん、うっ」

「でも、こんなに欲しがってくれるなんて嬉しい。たくさんよがってごらん、真木君」

「んっ、ん！　ふぅ、ぅうっ、うううっ……！」

片方の肢だけで体を支える不安定な体勢のまま、横合いからズン、ズン、とゆっくり最奥まで突き入れられ、押さえた口元から声が洩れる。

頭や心で思い煩ったことなど一瞬で吹き飛ばすみたいな、久慈の剛直のしたたかなボリューム。

味わうだけで体の奥が熟れて、果実みたいに潤んでくるのを感じる。

長いリーチを使ってたっぷりと中を擦られるだけで、背筋をゾクゾクと快感が駆け上がって、視界が劣情に歪む。

なんだか変だ。していることは変わらないし、こんな場所で誰に見つかるかわからなくて不安なのに、いつもよりも感じている。

久慈がうっとりとした目で真木を見つめて言う。

「素敵だよ、真木君。きみはとても魅力的だ」

「ん、んうっ」

「『刹那の恋人』として、きみの心を解き放ちたい。どんなふうにされたいのか、教えてくれないか」

高く持ち上げられた真木の左膝に口づけて、久慈が懇願するみたいに言う。

「きみが一番気持ちのいいことをしたいんだ。言ってくれないと、こうだよ？」

「っ……？」

久慈が抽挿を続けながら真木の欲望の根元をキュッと指で絞り上げてきたから、何をする気なのかと戸惑った。

そこを押さえると、一体何が……？

「んっ！　んぁっ、あっ、あっ」

久慈に突き上げるスピードを上げられ、快感で頭がチカチカした。

内腔前壁の感じる場所を擦りながら、奥のいいところをズンと突かれて、信じられないくらいの悦びが体奥で弾ける。

けれどどうしてか、それが頂へと続く波にはなっていかず、ひたすら感じさせられるばかりだ。蜜液も抑えられているのか、腹の底が徐々に重苦しくなってくる。

どうやら、自身の根元を手で押さえられているせいでそうなっているみたいだ。

達きたいのに、達かせてもらえない。

もしかして、これはそういう責め苦なのか。

「ひっ、ゃ！　そ、こ、駄目っ！　あっ、アッ……！」

久慈がシャツの隙間から覗く胸に吸いつき、乳首に噛みつくみたいにしてきたから、知らず後ろをキュッと絞った。

内腔がざわりと熱くなって、腹の底の重苦しさがさらに増す。

なのにどれだけ感じまくっても達することは許してもらえない。刺激ばかりを増やされて、体がガクガクと震えてくる。

こんなことを続けられたら、頭がどうにかなってしまいそうだ。

「やっ、も、許、してっ！　こ、なっ、苦、しぃっ」

「どうされたいのか言ってごらん。私にどうしてほしい？」

久慈が甘く訊いてくる。

ねだるみたいなことを言うなんて恥ずかしいと思っていたが、もうそんなことは言っていられない。真木は涙目になりながら、哀願の言葉を発した。

「手を、離してっ……、後ろをたくさん、突いてほしいっ……」

「前からがいい？　それとも、後ろから？」

「っ、前が、いいっ、前、からっ」

そんなこと、狩野にだって言ったことはなかったのに、一度口にしてしまえばどんな望みもすらすらと出てくる。

久慈ならばそれを叶えてくれると、そう思ってでもいるみたいに。

「ふふ、素直でいいよ、真木君。きみはやはり、そのほうが可愛い」

「んっ、あっ……」

久慈が動きを止めて手を真木自身の付け根から離すと、抑えられていた透明液がとぷっと切っ先から溢れ、幹をぐっしょりと濡らした。

堰《せ》き止められていた血流が戻ったのか、局部がジンジンと疼く。

いくらか陶然となっていると、繋がったまま体を抱え上げられ、シンクの脇の冷たいステンレスの作業台に背中から下ろされた。

久慈がそのまま真木の両肢を抱え上げ、ぐっと圧し掛って、刀身を突き立て始める。

「あっ、ああっ、あン、んぅう――――！」

深く大きく、久慈に雄で攻め立てられ、ほんの一瞬で絶頂に達してしまう。

上体が跳ね、全身がしびれるほどの鮮烈な快感。

だが久慈は動きを止めてはくれず、キュウキュウと収縮する真木の内腔をさらに激しく擦り立ててきた。

まとわりつく内襞を蹴散らすみたいな抽挿のたび、彼の切っ先で内腔前壁を抉られる。最奥を容赦なくガツガツと突き上げられ、真木の欲望からはとめどなく白蜜が洩れ出してきた。

達したままの肉筒を熱杭でなぶられて、やがて意識が混濁してくる。

「あ、ひッ、あはっ、あああッ！」

もはや口を押さえることも忘れて、揺さぶられるたび嗚咽みたいな声を上げてしまう。

耳に届く自分の声は、己が発したとは思えないほど甘ったるい声だ。

悦びで訳がわからなくなり、理性も思考もすべて吹き飛んでしまったのか。嬉しいのか哀しいのかも判然としないままに、両の目からはたらたらと涙が流れてくる。

体は今までにないほどの愉楽の中にあって、真木はただ啼き、そして泣いていた。

こんな感覚は初めてだ。

「……こうされるのが好きなんだね、きみは。体がとても悦んで、何も考えられなくなっているのがわかる。可愛いよ」

久慈の甘い声に、焦点の合わぬ目で見上げると、彼が薄く微笑んだ。

「最初に話したとき、きみには助けがいると言ったのを覚えているかな？　おこがましいとは思うが、できたら私がそうなれたらと、最近は思い始めていてね」

「……っ……？」

「この一瞬だけでもいい、きみがつらいことを思い出さなくてすむなら、そうしてあげたい。どうしてか、私はそんなふうに思うようになった。きみと抱き合うことを繰り返しているうちにね」

凄絶な快感に翻弄されているせいか、久慈の言葉が上手く頭に染み込んでこない。

助けになりたい？　久慈が、自分の……？

「きみを可愛いと思い始めたせいなのかな。きみのほうは、本当に不本意かもしれないけど」

久慈が言って、真木の口をそっと手で塞ぐ。

「まあいい。きみはただ、こうやって甘く啼いて感じていればいいよ。全部、私のせいに

してね」

「……んッ！　んぅうぅッ……！」

猛然と腰を打ちつけられ、気が遠くなる。

久慈の言葉の意味を考えようとしたが、それは不可能だった。

真木はただひたすらに、感じさせられていた。


大の男が「可愛い」などと言われるのは、さすがに癪《しゃく》だ。

そう思いながらも、真木はそれからも何度も久慈と逢瀬を重ねた。

あんなふうに思いがけぬ場所で急に迫られたりはしなかったが、彼のセカンドハウスやホテルで逢うたびに、久慈は言葉でも体でも、真木を文字通り可愛がるように抱いた。

真木が虚無感を漂わせていたという話にも、セックスで真木を助けたいという言葉にも、納得したわけではなかったが、久慈にあんなふうに抱かれればこちらもとても満たされ、彼が言うように心が解放されるような気持ちになることもあった。

反面、あまりにも快楽にのめり込みすぎると、なんだか自分が自分でなくなるような気がして、それはそれで不安になる。

心と体をかき乱される混乱。恥ずかしい自分をさらけ出すことのいたたまれなさ。

そしてそれを怖いと思っていながらも、久慈との行為にのめり込んでいくのを止められない自分。

真木の感情は、あれからずっと乱されっぱなしだ。

仕事の関係であることにためらいを覚えていた時期もあったのに、今では逆にそのことが真木にとってのストッパーになっている。

久慈の部下として、彼に命じられた仕事をこなすドライな時間がなければ、もっと深みにはまっていってしまいそうで——。

「……っ？」

夕刻の地下鉄の車内。

中ほどに立って吊革につかまり、とりとめもなく久慈とのことを考えていたら、ふと誰かの視線を感じたような気がした。

さりげなく首を動かし、ドアの前やそのむこうを見てみるが、帰宅時間帯の車内の乗客は皆俯いているか、スマートフォンを覗いているかだ。

普段あまり乗らない路線だから、少し過敏になっているのか。

でも確かに視線を感じた。誰か、本庁舎の見知った人間が乗っているのだろうか。

真木は今、先日異動するまで勤めていた所轄の警察署に向かっている。

何年か一緒に働いていたベテラン刑事が定年退職するというので、その送別会に呼んでもらったからだ。長年勤めていた刑事だし、本庁舎勤めの人間がほかにも呼ばれている可能性はあるが……。

（……いや、そうじゃない。誰かが俺を見てる）

不自然にならぬよう、地下鉄の暗い窓に視線を向け、そこに映る乗客の顔を注意深く確かめるが、特におかしな人間は見当たらない。気配を上手く消しながら、黙ってこちらを監視している。

つまり、相手はプロかもしれないということだ。

『常に周囲に気を配れ』

公安の研修では、捜査員は皆そう教えられる。

一般の警察官と違い、公安捜査員は誰に自分の存在が知られているかわからず、外国のスパイなどを捜査監視の対象にしているため、いつ誰に襲われるかもわからない立場だ。だから真木も、異動してからは努めて慎重に行動するようになり、前よりも周囲に敏感になった。

確信はないが、もしかしたら尾行されているのかもしれないと、そう感じる。

しばらくそのまま動かないでいると、やがて地下鉄の駅が迫り、ホームの明かりが窓に広がった。

真木はさりげなくドアのほうへ足を向け、列車が駅に着くとほかの乗降客に紛れてホームへ降りた。そのまま、出口へは向かわず乗り換えのための階段を上る。

この駅には複数の路線が乗り入れている。

真木と共に降車した客はたくさんいたが、乗り換え専用の通路を歩き、別の路線のホームを通り抜けてまた別の路線へと乗り換える客は、そう多くはないだろう。そこで当たりをつければ、尾行者がわかるかもしれない。

真木はそう思い、乗り換えを装って別路線のホームへ向かい、階段を下りた。

そうしてホームの中間辺りまで歩いたところで、前触れなくさっと振り返った。

「……っ！」
五、六人の乗り換え客の中で明らかにこちらを見ていたのは、帽子を目深にかぶったモッズコートの男だ。
さっと身を翻し、逃げるように去っていく動きのスマートさは、やはり素人とは思えない。それだけでもヒヤリと背筋が冷えたのだが。

（……狩野さんに、似てたっ……？）

そんなはずは絶対にないと、公安捜査員としての自分が否定する。

なのに真木の体は、一瞬見ただけの男の横顔に、吸い寄せられるみたいに走り出した。

「……待て……、待ってくれ……！」

男が来た道を戻り、先ほど下りてきたばかりの階段を上り始めたので、真木も追いかけて駆け上がる。乗っていた路線の逆方向からの列車が着いたばかりなのか、通路は人でいっぱいだ。

目を凝らして男を捜すと、男が先ほどの路線のホームへと続く細い階段をまた下りていくのが見えた。

人並みをかき分けて追いかけていくと、ホームから発車ベルが聞こえてきた。

「通してくれ！」

上がってくる人の波にのまれ、行く手を阻まれながらも、必死で駆け降りる。

だがホームに下りたところで、無情にもドアが閉まってしまった。

ホームに男の姿はない。この列車に乗り込んだか。

「……クソッ……」

滑るように駅を出ていく車両を見送りながら、小さく悪態をつく。

生暖かい風を受けながらふらふらと歩いて、真木はホームのベンチに座り込んだ。

尾行されていたのは、恐らく間違いない。あとで直属の上司と久慈には報告を入れておいたほうがいいだろう。

冷静にそう思いながらも、弾む心拍と乱れた呼吸を整えるのに、なんだかいつもよりも時間がかかる。大した距離を走ったわけでもないのに。

「落ち着けよ、俺……」

狩野が生きているはずはない。似た背格好の男ならいくらでもいるし、ただの見間違いだろう。今までもそういうことはあったじゃないか。

そう、今まで、何度も――。

(でも、狩野さんの顔を思い出したのは、なんだか久しぶりだ)

そう気づいて、少々複雑な気分になる。

狩野が死んで、そろそろ三年半。

いまだに真木は、こんなふうに狩野の幻影を追ってしまう。

けれど真木の日常からは、狩野の存在感は確実に薄れ始めている。

狩野への想いは変わらないつもりだったが、時間は確実に進んでいるのだと、ほろ苦い気持ちとともに実感する。

(俺は、生きてるんだな)

死者の時間は止まったままだ。

けれど真木の時間は進む。狩野に憧れて自分も公安捜査員になり、大げさかもしれないが、身を張ってこの国を守っている。

そればかりか、体だけの関係の久慈と抱き合って悦びに耽溺《たんでき》して、どうかすると狩野と付き合っていた頃よりもずっと淫らに啼き乱れている。

生き続けるとは、そういうことなのだ。

『……真木君？　どうした？』

急いで連絡する必要はなかったのに、どうしてかそうせずにはいられず携帯を取り出して久慈にかけると、ややあって彼の声が聞こえてきた。

確かに生きている、生身の男の声。

柔らかな息遣いを感じるその声に、思いのほか心が慰められる。

でも、こちらからいきなり連絡したのは初めてだから、久慈は少し戸惑っているふうだ。

真木は少し考えてから、努めて事務的な口調で言った。

「突然すみません。少々ご報告したいことが。できれば、会ってお話を」

『今からかい？　確か、送別会に呼ばれていたのでは？』

「ええ。その予定でしたが、途中で想定外のことが起こって……」

――――たまらなく、あなたに逢いたくなった。

自分が彼に電話をかけた理由を自覚して、ドキリとする。

こちらからそう告げたことは、今まで一度もなかった。

けれど真木は、今心から逢いたいと感じている。尾行されたことを伝えるだけなら会って話す必要はないのに、彼の顔が見たいと思っている。

それだけでなく、触れ合い、口づけ合い、抱き合って、過去の愁いも鬱屈《うっくつ》も、すべて洗い流してしまいたいと――――。

『……わかったよ、真木君。二時間後に神楽坂に来てくれ。ゆっくり話を聞こうじゃないか』

真木の言外の意思を察した、というわけでもないのだろうに、久慈の声は艶めいていて、甘い誘惑の色さえもにじんでいる。

仕事の上司としてではなく、「刹那の恋人」としての彼がほんの微かに匂わせる、真木にしかわからない淫蕩の色だ。

それを感じ取っただけで、真木の体には小さく種火が灯る。早く彼に抱かれたくてうずうずしてくる。

ほんのついさっきまで、死んだ恋人の幻影を必死になって追いかけていたくせに。

きっぱりと分かたれてしまった、恋人との人生の道筋。

(……狩野さん、ごめん……)

久慈に言われるまでもなかった。狩野の死の真相を知りたいと思ってきたが、知ろうと知るまいと真木はそのあとも生きていく。

ならばこの上は、せめて早く一人前の公安捜査員になりたい。そして狩野に胸を張れるような警察官になりたい。

もはやそれだけが狩野に対する供養なのではないかと、そう思えてくる。

時の移ろいに切なさを感じながら、真木は通話を切った。

◆　◆　◆

英語、中国語、スペイン語。あるいは韓国語、フランス語。

都内有数の外資系五つ星ホテルのロビーには、いくつもの言語が飛び交っている。

国際色豊かなのは、このホテルが世界的に有名なホテルチェーンの日本における唯一のホテルだからか。

真木は新聞を片手にロビーの隅のソファに腰を下ろし、レセプションカウンターでチェックイン手続きをするゲストたちの様子を監視していた。

今日はこのホテルで、一カ月後に迫った例のカジノ推進シンポジウムの、事前準備のための会合が開かれる予定だ。カーンという男こそ来ていないが、腹心の部下とされている秘書が来ている。

全員覚えておくようにと久慈に渡されたファイルにも載っていた男だ。

『彼が誰と会うか、どこへ行くのか。二十四時間体制で監視する。不審な動きを見逃すな』

久慈が選抜したチームに召集され、先日連れていかれた秘密の拠点で説明を受けたのが、昨日のこと。

今日の昼に秘書の男が成田空港に着いたところから、このホテルに入るまでの間も、数十人の公安捜査員が交代で監視を続けている。

真木は先ほど別の捜査員と交代したばかりだが、秘書の男はホテルの部屋にこもりきりで、夕方のこの時間になってもラウンジにすら下りてこない。

動きがあるとすれば夕食時だろうか。

『西側車寄せにリムジンバスが二台到着。客層はアジア系』

「了解」

インカムから届いた声に答え、新聞を持ち上げて顔を隠しながら通路を確認する。

ややあって、スーツケースを引いた観光客の一団がロビーに入ってきた。

家族連れ、友人同士、恋人同士。

年代は比較的若いけれど、なんの変哲もない旅行者の集団だ。恐らくパック旅行か何かだろう。ロビーの反対側にいる別の捜査員と二人で監視しているが、久慈のファイルにあったリストに引っかかるような人物もいないようだ。

真木はふっと息を一つ吐き、ほんの少し緊張を解いた。

するとそのとき、目を向けていた通路のほうから男が一人歩いてきた。

（……っ？　あれは……！）

ビジネススーツにブリーフケース。髪を丁寧に撫でつけ、銀縁の眼鏡をかけた、褐色の肌の外国人男性。

一見するとビジネスマンのようにしか見えないし、もちろんリストにも載っていない男だが、真木はその人物を知っていた。

元ＤＪの地下格闘家、例のクラブにいた通称「Ｊ」と呼ばれる男だ。

あれから男について公安部でも調べ、ジェイク・スギノという本名や、父親の出身がアメリカであること、反グレ集団の用心棒のようなことをやっていた過去などがわかっている。

蠍のタトゥーをしているのは単なるファッションだと、一応は結論づけられたが、ここ数年はそれまで交友関係のあった人間との付き合いはあまりなく、代わりに頻繁に海外へ出入国を繰り返している上、その目的も謎だ。

だが「スカルピオーン」と関係があるにしろないにしろ、あんな変装をしてここに現れたのはどう考えても怪しい。

注意して見ていると、「Ｊ」はレセプションカウンターへは向かわず、ロビーを横切って奥の通路へと進んでいった。

その先には化粧室があるが、トイレを借りに来ただけとは思えない。

真木は思わず立ち上がり、「Ｊ」を追って通路へと進んだ。

男性トイレに入っていったので、さりげなくあとに続くと。

「……っ！」

ヒュンッと音を立てて目の前を何かが横切ったので、慌てて身を引いた。

小便器と個室の並ぶトイレの中に「Ｊ」の姿は見えず、代わりに全身黒ずくめにサングラスの男がいて、真木の前に立ち塞がっている。

手には銀色に光るナイフ。

反射的に後ずさると、男が追ってきた。

「危ない、来るな！」

廊下に出たところで、トイレを利用しようとしていた宿泊客と鉢合わせたので、強く制止すると、宿泊客が黒ずくめの男を見てヒッ！　と悲鳴を上げて固まった。

宿泊客の前に立ってかばいながら対峙すると、男がナイフをこちらに向け、唸り声を上げて近づいてきた。

「うおお……！」

「ひぃ！」

宿泊客はすっかり動転している。まずは彼を逃がさなくては。

「走れ、逃げろ！」

叫んで胸を押すと、宿泊客は我に返ったように走り出した。男との距離を保ちながら、さっと上着を脱いで左腕に巻きつける。

低く抑えた声で、真木は言った。

「ナイフを捨てろ、俺は警察だ」

真木の言葉にも、男はひるむ様子はない。間合いを探るようにナイフを持った腕を上下させたと思ったら、そのままこちらに踏み込んできた。

「くっ！」

大きく腕をひと振り、ふた振り。

威嚇するだけで、切りつけるつもりはないような動きだが、刃に触れれば鋭く切れるだろう。上着を巻いた腕で身をかばいながら、真木はもう一度告げた。

「ナイフを捨てろ！」

瞬間、男が突進してきた。

「くっ……！」

上着を巻いた腕に微かな痛みを感じつつも、男の腕をはね上げて懐に飛び込み、胴体にタックルを見舞う。

男がよろけて廊下に倒れ込んだから、ナイフを持つ腕をひねり上げて落とし、そのまま体を取り押さえた。

「うぉおっ」

「おとなしくしろ！」

暴れる男を押さえつけていると、ロビーのほうからホテルの警備員と捜査員が数人駆けつけてきた。

捜査員の一人がこちらに駆け寄って訊いてくる。

「おい、大丈夫かっ」

「はいっ」

「野次馬を近づけさせるな！」

（……あっ……！）

何があったのかと、こちらを見ている人垣。

その向こうに件のカーンの秘書と「J」がいて、こちらの様子を窺っている。

一見するとまったく関わりがなさそうな二人だが、その場を立ち去る一瞬に「J」が秘書に何か囁いたように見えたから、真木は愕然とした。

もしかしたら、二人はここで接触するつもりだったのではないか。

「おまえ、血が出ているぞ」

バラバラに去っていく秘書と「J」、そして連行されていく黒ずくめの男を呆然と見送る真木に、捜査員が気遣うように言う。

真木は悔しい思いで、チリチリと痛む腕を押さえた。

（……失敗だったな、俺の）

所轄の警察への簡単な状況説明のあと、治療のためにやってきた、ホテルからほど近い場所にある病院。

外来の診察時間が終わったからか、ひと気のなくなった待合のベンチに腰かけて、真木はため息をついた。

上着は破れたが、そのおかげで腕の傷はさほど深くはなかった。ほかに怪我人もおらず、警察署の刑事だった頃なら名誉の負傷だと思えたかもしれない。

でも、公安捜査員の行動としては完全に間違いだ。

「Ｊ」を知っていたから思わず追いかけてしまったが、あのナイフの男は護衛だったのだろう。監視に気づいたからこそ真木を襲ってきたわけで、本来なら黙って「Ｊ」と秘書とを接触させてから、二人を泳がせるべきだったのだ。

とはいえ、宿泊客に怪我をさせるわけにもいかなかった。ああなっては、応戦している隙に「Ｊ」に逃げられたのは仕方がなかったと言えばそうなのだが――。

「真木君！」

「……？　久慈さん？」

廊下を早足で歩いてくる久慈の姿に、真木は思わず目を見張った。

いつになく慌てた様子だ。こちらへやってきて真木の前に立ち、不安げに問いかけてくる。

「ナイフで切られたと聞いた。大丈夫なのかっ？」

「は、はい。大したことは。そんなに深くはなかったので、二週間もあれば完治するようです」

包帯を巻いた腕を上げると、久慈が安堵した顔でほう、と息を吐いた。

ようやく笑みを見せて、久慈が言う。

「そうか、よかった。本当に、よかった」

心底安心したみたいな声音。久慈のそんな声は初めて聞いた。

もしや、心配してわざわざ来てくれたのだろうか。

でも、それならことの顚末は聞いているだろう。この傷は骨折り損という以外の何ものでもない。恐縮しながら、真木は言った。

「すみませんでした」

「……真木君？」

「たぶん、連中に警戒されてしまったと思います。俺が余計なことをしたせいで」

自分でも落ち込みながら言うと、久慈が首を横に振った。

「気にすることはないさ。きみは警察官として正しく行動したのだからね。結果として宿泊客を守ることにも繋がった。むしろ胸を張っていい」

「ですが、公安捜査員としては」

「きみはゲームの駒じゃないし、兵隊でもない。考えて行動できる男だと思ったから、私はきみを選んだのだ。卑下することなどないよ」

(久慈さん、そんなふうに……？)

仕事の上では真木に対して甘い上司というわけではない久慈だが、そう言ってもらえると、なんだか慰められる。

黙って小さく頭を下げると、久慈が頷いて、真木の隣に座った。

もう一度ため息をついて、久慈が言う。

「それにしても、きみが気になって追いかけたという、あの『J』という男。認識を改める必要があるようだな。監視すべき対象のリストにも加えなければ」

「そう、思います。頻繁な海外渡航は何が目的なのか、一から洗い直したほうが……」

言いながら、何気なく久慈のほうに視線を向けて、真木は言葉をのみ込んだ。

膝の上で軽く握られた久慈の両手が、どうしてだかぶるぶると震えている。

それどころか、よく見てみれば体が震えているようだ。

真木がそれに気づいたことを察したのか、久慈が抑えようとするかのように手を組むが、爪が白くなるほどきつく握り締めても、震えはいっこうに止まらない。

一体どうしたのだろうと気になるが、訊ねるのをためらっていると、久慈が低くつぶやいた。

「……すまない、驚かせたかな？」

「いえ……。でも、どうして……、どこかお加減でも……？」

「いつものことだ。部下に何かあると、私はこうなる」

「えっ」

「我ながら繊細だとは思うのだがね。自分では止められないのだよ、これは」

気まずそうにそう言う久慈の、苦しげな表情に驚かされる。

思わずまじまじと顔を見つめると、久慈が静かに言った。

「最初は、入庁して三年ほど経った頃だったかな。北関東の県警本部にいたときだ。若い機動隊員が負傷したことがあってね。直属の部下というわけではなかったから、自分でもどうして、とは思ったよ」

胸の内をそっと打ち明けるように、久慈が言葉を繋ぐ。

「その後も警察庁のキャリアとして、私は多くの部下を持ってきた。ほとんどルーティンのような異動で、彼らにとってはほんのいっときの、形だけの上司として存在していただけだが、ときには死に別れることもあった」

そう言って久慈が、少し哀しげな顔をする。

「彼らが私をどう思っていたかはわからないし、こう言って信じてもらえるかもわからない。だが私にとっては、どんな希薄な関係だろうと、部下は皆自分の血肉のようなものなのだよ」

「血肉……？」

「部下が傷つけば私も痛い。部下が苦しければ私も苦しい。少なくとも、私はそういう気持ちで仕事をしている。この身の震えは、たぶんそのせいなのだと思うよ。どこの部署でも、どんな現場でも、誰が相手でも、私はこうなるのだからね」

久慈が言って、どこか儚げに微笑む。

「だが、死者は決して戻らないし、負傷が原因で退職してしまう者もいる。そして彼らは、やがて忘れられていく。だから私は、きみが狩野君を忘れないでいてくれることを、とてもありがたいと思っているんだ。短い期間とはいえ、上司だった身としてはね」

「……久慈さん……」

「同時に、きみには前を向いてほしいという気持ちも強くある。哀しみや諦めきれない思いを引きずると、人はその感情に、生きることそのものを歪められてしまう。私はそうなりたくはないし、きみにもなってほしくはないんだ」

久慈がきっぱりとそう言って、震える手を祈るように額に押しつけた。

「それでも、いや、だからこそ、私がすべて引き受けられたらと思うよ。部下たちの痛み、苦しみを、全部ね。そんなことは不可能だと、わかってはいるけれど」

（すべて、引き受けるって……）

直接命じられて仕事をこなしてはいるが、真木は久慈の直属の部下ではなかった。でも、真木を含め公安の捜査員、実動部隊の全体を彼の部下として考えれば、その数は膨大だ。

その一人ひとりに、久慈はそんなふうに気持ちを寄せているのか。それが組織のトップへと上っていく男の、心のありようなのか――。

そう思うと、久慈という男の懐の深さに圧倒される。

自分が思っていたよりも、久慈はもっとずっと大きな心を持った人間なのではないかと、そんな気がしてくる。

作戦を指揮する上司として、ときには部下の命を預かるような場面もあるのが公安の仕事だ。

久慈が警察庁のキャリアとして、割り切って部下を「使って」いるのではなく、部下を自分とひと続きの存在として捉え、大切に思っているのだとしたら。

その痛みや苦しみを分かち合いたいという思いが、彼の身をこんなふうに震わせているのだとしたら。

久慈になら、命を預けてもいい。

真木には素直にそう思える。

(けど、そうやって人の上に立つのは、とても苦しいことじゃないのか?)

体と心は不可分だと、久慈はこの間言っていた。

それがセックスだけの話ならば、ただ悦びに身を任せて溺れてしまえばいい。

だが仕事の関係では、そう単純にはいかない。部下の一人ひとりを大切に思い、彼らの命を背負う重圧に、久慈は一人で耐えているのだ。

それを知ってみれば、こんなかすり傷程度の怪我で久慈の心を煩わせてしまったことが、ひどく恥ずかしくなってくる。

「……久慈さん、俺は、大丈夫ですから」

小刻みに震える久慈の手に自分の手を重ねて、真木は言った。

「うかつだった部分は自分でも反省しています。でも結果として、ほんのかすり傷ですんだんです。あなたが気に病むことなんて、ありません」

「真木君……」

「俺、頑張って早く一人前になりますから。あなたが安心して仕事を任せられる捜査員に、必ずなってみせますから!」

警察官僚としての彼への畏敬の念をどう伝えればいいのかわからなくて、思わずそんな月並みなことを言うと、久慈が目を丸くした。

それから、その整った顔にゆっくりと笑みを覗かせる。

「……心強いよ、その言葉。こんな姿を見せて、頼りない上司だと思われたらどうしようと、少し不安だったんだ」

「頼りないなんてそんな！　あなたは素晴らしい方です。あなたの部下であることを、俺は誇りに思っていますよ」

「ふふ、ありがとう。私のほうこそ、きみを部下に迎えることができて嬉しいと思っているよ。心からね」

そう言う久慈の顔には、何か新鮮な喜びを感じているかのような表情が浮かんでいる。

考えてみれば、こういうことを言葉で伝え合ったのは初めてだ。なんだか少し気恥ずかしく感じて、頬が熱くなってくる。

「真木君、これから本庁に戻るのかい？」

「いえ、今日はもう帰ります」

「なら、タクシーを呼んでこよう。今夜はゆっくり休むといい」

「あ……、は、はい。ありがとうございます……！」

タクシーの手配のため、携帯電話を取り出して立ち上がった久慈に礼を言いながら、なんとなくこのまま二人で夜を過ごす流れになるのではと期待していた自分に気づいて、慌てしまう。

久慈は真木の怪我を心配して来てくれたのだから、さすがにそんなわけはないのに。

（でも、もしかしたらそれだけじゃ、なくなっていくのかもしれないな）

久慈とは体の関係から始まったが、もうこれからは、抱き合うだけの間柄ではないのかもしれない。仕事の上でも人としても、少しずつ信頼し合える関係になってきていると感じる。

誰かにそんなふうに感じたのは、ずいぶんと久しぶりだ。

電話をかける久慈の広い背中を見上げながら、真木はほんの少し心がときめくのを感じていた。


「お、真木じゃないか」

「奥寺さん……、お疲れ様です」

その翌日の夕方のこと。

怪我の具合と昨日の件の報告のため、真木は本庁舎に登庁していた。

書き上げた報告書を直属の上司に提出し、別の用事で一階へ行こうとエレベーターで降りていたら、途中で乗ってきた奥寺に声をかけられたのだ。

奥寺はスーツ姿で鞄を持っている。退勤するところのようだ。

「奥寺さん、お帰りですか？　ちょっと早めですね？」

「まあな。実は今日、これから恋人とちょっといい店で飯なんだよ。帰ってちゃんとした格好しないといけなくてさ」

「いいですね」

軽く答えながら、二人で並んで一階へと降りていく。

明るく朗らかで見目もさわやかな奥寺が、どんな恋人と付き合っているのか。

前から多少興味はあったが、あまり突っ込んでこちらにお鉢が回ってくるのも困るので、詳しく訊いてみたことはない。

でも、きっと素敵な相手なのだろう。

奥寺からは恋愛の楽しさが伝わってくるし、別に自慢でもなく、こんなふうにさらりとデートの予定を話すところなど、ちょっとうらやましいくらいだ。

長らく恋などしていないけれど、奥寺を見ていると自分もそろそろ、なんて思ってしまったりもして……。

「そういや真木、昨日はお手柄だったたって？」

奥寺に訊ねられたので、思わず苦笑した。

「まあ、そうとばかりは言えないんですけど」

「あー……、そうか。公安だしな」

「はい。いろいろ、大変です」

微妙なところを察してくれたので、それ以上説明せずにあいまいに流す。

すると奥寺が、ふっと笑った。

「でも、おまえ結構楽しそうだな。公安の仕事が合ってるのかな？」

「え……、楽しそう？」

「狩野があんなことになってから、なんとなく人を寄せつけないようなところがあったけど、最近のおまえはそうでもない。表情も明るくなったしな」

「……俺が、ですか……？」

そんなこと、言われるまで全然気づかなかった。

でも以前は久慈に「虚無感を漂わせていた」なんて言われるような顔をしていたわけだし、確かに近頃はなんだか心が穏やかだ。

気持ちが解放されているというのか、駆り立てられるみたいな感覚がなくなったというか。

公安部の仕事に慣れてきたのも、その理由の一つかもしれないが……。

（もしかして、久慈さんと逢っているせいか……？）

抱き合うことで得られる、心の解放。

久慈が何度か言っていた言葉だが、この頃はなんとなく実感としてわかるようになってきた気がする。

もちろん、セックスだけで変わったというわけではなく、彼との関係そのものが自分を変えてきたのだろう。

昨日のように、久慈の思わぬ面に触れることもそのきっかけになっているように思う。ああいう姿を目にすると、抱き合うだけでなくもっと彼を知りたい、そして彼にも自分を見てほしいと、なんだかそんな気持ちにもなって――。

「久慈さん、いい男だろう?」

「えっ」

「公安の連中の中には、あの人の命令なら喜んで死ねる、なんて言う奴もいるな。上司だった頃は、男の俺でもうっかり惚れそうだったよ」

「……惚れ、そう……?」

奥寺の言葉がそのままの意味だとは思えないが、その言い方が何やら秘密めかした甘い響きをしていたので、少しばかりヒヤリとしてしまう。

そんな真木には気づかず、奥寺がポンと真木の肩を叩く。

「あの人は、本当に信頼できる人だ。公安の仕事はいろいろ大変だろうけど、頑張って食らいついていけよ? じゃ、お先!」

奥寺が言って、開いた扉から早足で外に出ていく。

真木もエレベーターを出たけれど、どうしてか動揺を感じたから、ふらりと壁際に歩み寄った。

（惚れそう、って……）

奥寺は、恐らくはストレートだ。

たわむれ、あるいはちょっとした言葉の遊びにすぎない発言に、どうしてこんなにも心が揺れるのか。

それは考えるまでもなく、ゲイである真木にとってはただの冗談ではすまないからだ。

もちろん、真木自身はまだ狩野に気持ちがあるつもりだし、久慈とは体と仕事の関係が並立している状態だったからこそ、続いてきたところがある。

でも……。

（もしもあの人に、本気になってしまったら……？）

体だけの関係の久慈を心から好きになってしまったら、自分は一体どうなるのだろう。

微かな恐れを感じながら、そんな想像をしてみた途端。

胸の奥に、今まで感じたことのない小さなさざ波が起こるのを感じた。

ゆっくりと広がる波紋。

脳裏に浮かんでは消えていく久慈の表情や囁き声、触れる手の熱、息遣い。

ほんの今の今まで、とりたてて意味を持たなかった些細な記憶の数々が、不意にしたたかな温度を持って甦ってくる感覚。

それがなんなのか、わからないほど初心《うぶ》ではない。

もしかして自分は、もう久慈のことを――。

(いや、駄目だ、そんなの!)

慌てて思考を遮断するように、首を大きく横に振る。

彼との行為を楽しみ、仕事の上でも敬意を持って、部下として懸命に働く。

そういう関係ならば、最初に互いに意図した関係の延長線上にあって、ある意味昇華された関係であるとも言えるだろう。

でも、そこに本気の恋愛感情を持ち込めば、それはきっと別の何かに変質してしまう。

何より、自分が大きく変わってしまうだろう。

彼との行為の間時折感じる、自分が自分でなくなるみたいな感覚。

本気で誰かに恋をしたら、あの感覚がずっと続くのだ。

心をかき乱されて訳がわからなくなって、相手を恋しい、愛おしいと、ただひたすらに思い焦がれる。

もしもそれを相手が受け入れて、同じ気持ちを返してくれれば、狩野とそうだったように、やがては温かく穏やかな関係へと落ち着いていくのだろうけれど。

(久慈さんは、そうじゃない)

――――「刹那の恋人」。

久慈にとって、真木はずっとそういう存在だ。

自分をさらけ出し、熱く燃えるみたいなセックスをして、悦びに我を忘れることがあっても、久慈がそのスタンスを崩したことは一度もない。

可愛い、などと言いながら真木を抱く久慈が、それ以上の言葉や感情を露わにしたこともない。

つまりはそこが久慈の境界線、遊びと本気との間を隔てる見えないラインなのだ。

なのにいきなり恋愛感情を持ち込んだりしたら、どう考えても面倒がられるだけだろう。

それればかりでなく、もしかしたら関係を解消されてしまうかもしれない。

そうなったら公安部での自分の立場も危うくなるだろうし、狩野のことも何もわからなくなってしまう……。

(あの人を好きになるのだけは、駄目だ)

今なら、たぶんまだ間に合うと思う。

これ以上深みにはまらぬよう、不自然にならない程度に、久慈と少し距離を取ろう。

真木はそう心に決め、どうにか気を取り直して歩き出した。

傷の治りが悪くて――――。

最初はそう言って、真木は久慈との逢瀬をやんわりと断った。

その後は仕事の忙しさ、法事。公安の語学研修の試験勉強が大変であること。

どれも逢えない理由としては一定の信憑性があったし、事実仕事では他県への出張なども多く、それからひと月ほどの間、真木は久慈と逢うことはなかった。

そしてその間に、真木も少し気持ちを落ち着けることができた。

でも、ずっとそうしているわけにもいかないし、やがて久慈も何か変だと思うだろう。そのとき、自分はどう振る舞えばいいのか。

もしもこのまま、久慈に心まで持っていかれないようにできたとして、今までどおりの関係を続けられるほど、自分は器用なほうではないと思う。

けれどそうかといって、好きになりたくないから逢わないのだと、馬鹿正直にそんなことを言うわけにもいかない。

結局どうしたらいいのかもわからないまま、ズルズルと逢わない時間だけを引き延ばしている感じだ。

仕事に埋没していればあまり考えなくて済むから、それが救いといえば救いだが。

「……遅いな、交代」

東京湾を一望できる高級ホテルの、高層階の一室。

真木は暗くなってきた夕刻の窓辺でスコープを覗き込みながら、思わず独りごちた。

レンズ越しに見えるのは、桟橋に停泊中の豪華客船「シーノート」号。ディック・カーンが所有するカジノ客船だ。

真木は朝から、ほかの捜査員と交代で船に出入りする人間の監視を続けている。

カーン本人は都心のホテルに滞在しており、東京駅にほど近いコンベンションホールで開催されているシンポジウムに出席している。

真木としては本当はそちらでの監視任務を担当したかったのだが、先日の一件でカーンの秘書に顔を見られていたため、外されてしまったのだ。

(でも、また「J」が現れるかもしれないし)

例のリストや、「スカルピオーン」に関係のある人物の出入りがあれば、絶対に見逃したくはないが、もしかしたらカーン本人の周辺より、こちらのほうが出会う確率が高いかもしれない。

とにかく緊張感を持って任務に当たらなければと、真木なりに気負っている。

『……チャンネル3から5へ』

「はい、チャンネル5」

インカムから聞こえてきた声に応え、あらかじめ決めてある連絡番号を言うと、ざあ、と雑音が入ったあとに、再び声が聞こえた。

『予期せぬトラブルが発生した。２０００まで継続して任に当たってくれ』

「……っ？　はい、了解しました」

『チャンネル４がＦ７よりサポートする。以上だ』

そう言って、プツリと声が途絶える。

これから二時間、船が出港する八時まで交代なしで任務継続、代わりに七階に取ってある別の客室でほかの捜査員が監視のサポートに入る、ということだが、七階の客室からは、桟橋との間にある公園の木々が邪魔をして、客船のタラップの下部がほとんど見えない。

結局はこちらがメインということになるだろう。

真木はふう、と一つ息を吐き、ペットボトルの水を飲んだ。

すでに交代の時間を過ぎているところに、さらにここから二時間独りで監視を続けるのは、かなりの集中力と体力がいる。

高感度のカメラで録画してはいるが、日が落ちて暗視スコープに切り替えているし、目にもかなりの負担が……。

「……？」

不意に携帯の着信音が鳴ったので、驚いて画面を見る。

緊急用の番号として登録してある連絡先からの電話だ。急いで取り上げると、ひと呼吸あって、聞き慣れた声が届いた。

『私だよ、真木君』

「久慈さん……！」

『急な配置の変更があったが、大丈夫か？』

「はい。なんとか」

『そうか。様子はどうかな？』

「今のところ、特に、何も……」

急いで電話に出てみたが、緊急にしなければならない会話でもない。

もしや、予定の変更を気遣ってかけてきてくれたのだろうか。

でも、この程度のことは現場ではよくあることだ。わざわざ上の人間が気にかけるほどの事態ではない。

真木はなるべく事務的に聞こえるよう、そっけなく言った。

「何も問題ありません。お気遣いありがとうございました。では、任務に戻りますので……」

『ふふ、そんなに焦って切らなくてもいいだろう？』

「ですが、独りなので」

『タラップの傍に、急遽一人人員を配置した。少し休憩を取りたまえ』

「……ですが……」

気遣いはありがたいが、このまま個人的な会話を続けるのはなんだか居心地が悪い。

思わず口ごもると、久慈がふむ、と考えるように息を吐いてから、探るように言った。

『このところ、きみはなんだかつれないな？』

「……そんな、ことは」

『そうかな？　意図的に距離を置かれているように、私には感じるのだが？』

「……」

もしかしたらそろそろ気づかれるかと思っていたが、どうやらそのときが来たようだ。

シラを切るべきか、それともそのとおりだと認めるか、焦りながら考えていると、久慈が静かに訊いてきた。

『きみは、何を恐れているんだい？』

「……何も、恐れてなどいませんよ？」

『嘘が下手だな。でも、きみのそういうところは信頼できる』

「何を、おっしゃって……」

何かからかわれているのか、それともカマをかけられてでもいるのか。

言葉の意図がわからず戸惑っていると、久慈がいきなり低く言った。

『きみが欲しいよ、真木君』

「なっ」

『今すぐにでも、きみに触れたい。きみを甘く啼かせたい』

淫靡な声音に、頬がかあっと熱くなる。真木は声を潜めて、諫《いさ》めるように言った。

「仕事中に、たわむれはやめてください！」

『休憩をと言っただろう？　あれは一応、業務命令だったのだがね』

久慈が冗談めかして言って、さらに言葉を続ける。

『ああ、きみにキスをしたいな。口唇を優しく吸って、舌の裏をなぞりたい』

「……っ……！」

『柔らかい耳朶や首筋にも触れたい。薔薇《ばら》色の胸にも』

「や、めてください、そういうことを、言うのはっ」

久慈が次々と挙げていくのは、どこも真木の弱く感じやすいところばかりだ。

久慈はもう、真木の体を隅々まで知り尽くしている。

低く艶のある声でそう告げられているようで、聞いているだけで体の芯が微かに潤んでくる。このひと月触れられていない体が、彼を求めているみたいに。

「……！」

そう思った途端、下腹部が熱く感じてハッとした。

触れてみるまでもなく、自身が反応していることに気づいて愕然とする。

自分も彼に触れられたい。口づけ合い、抱き合いたくてたまらない。

激しい渇望に、肢が震えてくる。

（でも、きっとあの人と触れ合ったら、俺は……）

ただでさえ、彼に抱かれたら我を忘れて訳がわからなくなってしまうのだ。

こんなふうに声を聞いただけで体が興奮して、肢まで震えてくるなんて、もうほとんど末期症状だ。

もしかしたらもう、キスをされただけで、ギリギリで踏み止まっている気持ちが一気に決壊してしまうのでは……。

「……もう、切りますから……、監視を、続けなければ……」

もはやしどろもどろになりながら、どうにか絞り出すようにそう言うと、電話越しに久慈がクスリと笑った。

そうして明るい声で言う。

『では、一緒に監視しよう。それならいいだろう？』

「は……？　なっ？」

客室のドアのむこうでカチリと音がして、いきなりドアが開いたと思ったら、久慈がスッと部屋に滑り込んできた。

自分が見ているものが信じられず固まっていると、久慈が真っ直ぐに窓際へやってきて、真木を抱きすくめてキスしてきた。

信じられない。まさかドアの外にいたなんて――――！

「んッ、ふ、ぅ、うっ」

拒む間もなく口腔を犯され、ちゅるりと舌を吸い立てられて、ゾクゾクと背筋が震える。

それだけでぼっと体に火がつきそうな、熱っぽいキス。

貪欲に奪われる感覚におののき、逃れようと後ずさるが、窓ガラスに背中を押しつけられて身を寄せられ、逃げ場を失う。

仕事中なのに、こんなのはあり得ない。口づけを拒み逃れなければと、焦燥感に駆られるのに。

「ぁ、んっ、ん、ふ……」

口づけながら両手で体をまさぐられて、肌が粟立つ。

胸を合わせられ、閉じた腿を肢でぐっと割り開かれて、硬くなった局部を太腿でぐいぐいと押し上げられた。

こんなことはいけないと思うのに、久慈に愛撫されただけで理性が飛びそうになる。

服の上を這い回る彼の手を払おうと抗ってみるけれど、指を絡められて窓に縫いつけられたら、身も心も屈服させられたみたいな気分になってきて……。

「……はぁ、ぅ、久、慈さっ……」

「いい反応だね、真木君。もしかして、電話で話しただけで興奮していたのかな？」

久慈がキスを解いて、ほんの少し咎めるみたいに言う。

それから真木の耳朶を食み、首筋を舌で舐って、喉仏に吸いついてきた。

そうされただけで腰がビンと跳ねるほどのしびれが背筋を駆け上がったから、ヒッ、と喉奥で悲鳴を上げてしまう。

まともな思考はもはや吹き飛び、体は久慈に触れられることを求めて啼いている。潤んだ内奥はジクジクと疼き、切っ先からは期待の涙が溢れてきた。

いたたまれぬ思いと欲情とに意識をかき回されて、知らずまなじりが濡れてくる。

「久慈、さんっ、も、許、してっ……」

情けなくふるふると首を横に振りながら、真木は訴えた。

「俺、駄目なんですっ、あなたと触れ合うと、自分が自分じゃ、なくなる……。どうしていいか、わからなく、なるからっ」

「真木君……？」

「そ、なるのが、怖くて……。だからあなたを、避けてた」

泣きそうになりながらそう告げると、久慈が微かな笑みを見せた。

「きみがどんなふうになったとしても、私は受け止めるのに」

「あなたなら、きっとそうなのでしょう。でも、それはセックスの話でしょう？」

真木は言って、おずおずと続けた。

「俺が本当に、ヘンになったら……、きっとあなたは、思うはずです。面倒だって」

「面倒？」

「俺は、あなたに面倒がられたくないんです」

どうにか取り繕うみたいにそう言ったら、久慈が黙って小首を傾げた。

真木の言葉をどう受け取ればいいのか、思案している様子だ。

やがて真っ直ぐにこちらを見つめて、探るみたいに訊いてきた。

「なぜ、そう考えたのかな？　きみとの関係において、私が一体何を面倒がると思ったんだい？」

「それは……」

「面倒だなんて、そんなことを思うわけがないだろう。そう思うくらいなら、初めからきみを求めたりしない。きみは私を何か誤解している」

「……誤解……？」

「ああ、そうだ。私はどんなきみでも受け止める。どうか、私を信じてほしい」

なだめるみたいな久慈の言葉に、すがりついてしまいたいような気持ちになるけれど、そんなことをしたらもう絶対に引き返せない気がする。

好きになってはいけないと思うのに、自らその戒めを破ってしまったら、どうなってしまうのかわからなくて怖い。

そしてその結果、久慈がどう振る舞うのかがわからなくて、怖い――――。

信じてほしいと言われても、真木には久慈が引いた透明な境界線が見えてしまっていて、それはきっと誤解ではないと思うのだ。

真木は頭を振って言った。

「できません」

「なぜだい？」

「それは……、あなたが俺を、『刹那の恋人』だと言ったから……」

「……？　だから？」

「だ……、だから、俺はっ……」

本気になってしまったら、捨てられるのではないか――――。

自分が一番恐れているのはそれだと、まざまざと気づかされる。

面倒がられたくない、捨てられたくない。

そんなふうに思う理由なんて、わかりきっているじゃないか……。

逃れようもない答えにたどり着いてしまい、言葉もなく打ちひしがれる。

惚れたらどうしよう、なんて、理性でどうにかできるものではなかった。

真木はもう、とっくに心まで久慈に奪われていたのだ。

「……まったく、きみは。本当に可愛いね」

黙ってしまった真木に、久慈がなぜだか苦笑しながら言って、それからふふ、と低く笑う。

「でも、そうだな。きみの気持ちがどうあれ、きみが契約違反をしたのは間違いのないことだ」

「契約、違反？」

「そうさ。私たちは約束したはずだ。体だけのステディな関係になると。なのに黙って避けていたなんて、ずいぶんと酷い話じゃないか？」

そう言って久慈が、ぐっと身を寄せてくる。

「ちょうどいい。その感じやすい体で、今ここでペナルティを受けてもらおうかな。もちろん、仕事もきちんとこなしながらだ」

「な……？　あっ、待っ……！」

身を反転させられ、窓ガラスに胸から体を押しつけられる。

逃れる暇もなく両手を後ろに回されたと思ったら、ガチャリと音がして、手首に嫌な感触が走った。

手錠で拘束されたのだと気づいて、体中から冷たい汗が噴き出してくる。

「く、久慈さん、やめてください、こんなっ！　あ、あっ……！」

背後から抱きすくめられ、胸元や股ぐらを手でまさぐられて、上擦った声が出る。

ほかに並ぶ建物のないホテルの高層階、明かりを落とした部屋の窓辺といえども、絶対に誰にも見られないとは言い切れない。

それにここは客船の監視のために公安部が借りている部屋で、いつ捜査員が入ってくるかもわからないのだ。

それなのにこんなことを仕掛けてくるなんて、どうかしているとしか思えないのに。

「ん、はっ、あぁ、あ……！」

ズボンの前を緩められ、右手で下着越しに欲望をなぞられて、はしたなく身が震える。

先ほどのキスで反応したせいか、下着はもうしっとりと濡れている。

シャツのボタンもすべて外され、窓ガラス越しの冷気に乳首がツンと勃ち上がると、彼の左手の指先がそれを探り当ててくにゅくにゅともてあそんできた。

それだけで、真木の背筋を甘いしびれが駆け上がる。

（こんなの、あり得ない、のに……！）

拘束されてこんな場所で触れられるなんて、辱められているようなものなのに、真木の体は歓喜している。

窓ガラスに額を押しつけ、口唇を噛んで声を必死でこらえるけれど、久慈に触れられることに体が悦んで、全身が快楽に流されていくのがわかる。

まるで逢わなかったこのひと月を、取り戻そうとでもするみたいに。

「いい眺めだな、ここは。夜景を楽しみながら愛を交わすには、最高の場所だ」

真木の右耳に口唇を寄せて、久慈が淫猥な声で告げてくる。

「こういうスリルを感じる場所で触れられるのが、きみは結構好きなのだね？」

「やっ……！」

「こんなに濡らして。仕事中なのに、いけないな？」

「ああっ、ぅう、や、めてっ、くださ……！」

もはや仕事などさせる気もないくせに、久慈がからかうみたいに言いながら、下着の中に手を入れてくる。

濡れそぼった欲望に指を絡めて扱かれて、弱々しく首を横に振るけれど、久慈はやめてはくれず、真木の下着を膝まで下ろし、欲望をむき出しにしてくる。

そうして先端部を窓に押しつけるようにしながら、ゆっくりと手を動かし始める。

「あっ、ひっ！　ゃ、あぁ……！」

破廉恥すぎる行為への驚愕と、人に見られるかもしれないという恐怖は、給湯室での情事の比ではなかった。

羞恥で頭が真っ白になって、肢がガクガクと震えてくる。真木の体を抱き支えながら、久慈が訊いてくる。

「私と逢わなかった間、きみはどうしていたんだい？　自分で触れて、欲望を遂げていたのかな？」

「っ！」

「まさかとは思うが、ほかの相手を探したりは、していないだろうね？」

「んあッ、あっ！」

指をきつく絞られ、付け根から先端までリズミカルに扱き上げられて、恥ずかしく声が裏返る。

そんなこと、まさかするわけがないのに、久慈はいくらか疑っているみたいだ。

どうしてか慌ててしまい、真木は首を横に振った。

「そ、なこと、してませんっ」

「本当に？」

「本当、ですっ、俺、ほかの男となんかっ」

言いながら、何やら少しおかしな気分になる。

真木が勝手に惹かれてしまっているだけで、久慈とは別に恋人同士ではないのだから、そんなに必死になって訴える必要はない。

仮にほかの誰かと寝ていたとしても、久慈にだってそれを咎める筋合いはないはずなのに。

「そうか。私はきみの言葉を信じるよ、真木君」

久慈が絞り上げた指を僅かに緩めながら言って、真木の右の耳朶にチュッと口づける。

「でも……、ふふ、ちょっと変な気分だな、こういうのは」

「……？」

「きみがほかの誰かと寝たかもしれないと、そんな想像をしただけで、なんだか心がざわついたよ。今までそれを気にしたことなんてなかったのにな。だってきみは、元々そうしていたのだし」

（久慈、さん……？）

それは確かにそうだ。

そもそも、だからこそ彼は、真木と体の関係になることを提案してきたのだし、今更気にするなんて妙だ。

他者への嫉妬みたいな感情とも、久慈は無縁のように思えるのに……？

「きみに逢えない間、私はとても切なかったよ。でも、ほかの相手を見つけたいなんて思わなかった。私はきみと触れ合いたかったんだ。こんなふうにここを、可愛がりたいと思っていたよ」

「つ、あっ！　んんっ、あっ」

窓ガラスに伝い落ちるほどに溢れた透明液を、欲望の頭の部分に絡められ、手のひらでくるくるともてあそぶみたいに転がされて、ビクビクと腰が跳ねる。

ぐっと口唇を噛んで快感をこらえると、久慈が甘い声で囁いた。

「きみが達くところが見たい。我慢なんてしないで、たくさん出してごらん」

「……アッ！　ああっ、ゃっ、あぁぁっ」

手を動かすスピードを上げられて、上体がグンと反り返る。

こんなところで達かされるなんて嫌だ。

身をよじって逃れようとするけれど、両手を後ろで拘束されていては抗うこともできない。身を折って手を振り切ろうとしたら、体を支える手で乳首をキュウッとつままれて、甘い痛みに泳いだ体をぐっと起こされた。

彼の長い指が欲望の根元にまで吸いついてきて、容赦なく絞り上げられる。

「あっ、はぁっ！　やっ、も、ゃ、めっ！」

「達くんだ、真木君。私に、きみの可愛い姿を見せてくれ」

「ぅうっ……！」

久慈の半ば哀願するみたいな命令の声に、ゾクリと肌が粟立つ。

慈悲を乞うように肩越しにおずおずと振り返ると、久慈が悩ましげに眉根を寄せて口唇を近づけ、キスをしてきた。

そのまま追い立てるみたいに指を動かされ、真木の腹の底で欲望が大きく爆ぜる。

「んっ、ぅ、ふっ……、う、ぅっ……！」

ぶる、ぶる、と身を震わせながら、止めようもなく精を吐き出す。

白濁がピシャ、ピシャ、と何度も窓ガラスにはね飛んだのがわかって、激しい羞恥に襲われる。

「……達けたね。とても素敵だよ」

久慈が満足げに言って、真木の放ったもので汚れた指をいやらしく舐る。

「ああ、きみの味だ。凄く、濃密な……、ふふ、やはりほかの誰かには、味わわせたくないな……！」

「……？」

射精で蕩けた頭にも、何か少し強く響いた久慈の声。

そこには明らかな独占欲が覗く。

真木の体に、まるで執着でもしているみたいな……。

「私と触れ合うと、自分が自分じゃなくなる。きみはさっき、そう言ったね？」

久慈が言って、真木の背後に屈む。

「きみが恐れているというその瞬間を、ぜひとも見てみたいな、私は」

「なっ、ん……？」

「きっとそこにこそ、きみの真実がある。私も男だ。隠された謎があるなら、暴いてみたい。そう思うんだよ」

久慈が気が昂ぶったような声で言って、真木の肢から手早く衣服を抜き取る。

双丘を大きな手でつかみ、ぐっと突き出させて、艶めいた声でさらに告げてくる。

「どうかもっと見せてくれ、真木君。きみの全部を、ここでさらけ出してくれ」

「あっ？　ゃっ、駄目ですっ、そんなとこっ……！」

久慈が尾てい骨に口づけてきたと思ったら、そのまま狭間を滑り下り、後孔を舌で舐ってきたから、悲鳴を上げた。

そこを口で愛撫されたのは初めてだ。

狩野と付き合っていた頃ですらその経験はない。ましてや拘束されて抵抗もできない状態で、立ったままでなんて。

「や、あっ！　駄目、ですっ、やめっ、ああっ、あ！」

手首を縛める手錠が軋むくらい身を揺らして、拒絶の言葉を告げるけれど、久慈は両手で真木の尻たぶをがっちりとつかんで、むき出しの窄まりにねっとりと口づけてくる。

たっぷりと唾液を含ませた舌で丹念に柔襞を舐められ、チュクチュクと口唇で吸いつかれると、快感で背筋がしびれ上がった。

淫猥すぎる行為に、頭がどうにかなりそうだ。

(征服、されるのか……、俺はこの人に……！)

体の隅々まで食らい尽くされ、快楽で屈服させられて、内面を暴かれる。

きっともう、抵抗など意味がない。

こんな場所で仕事も放り出させられて、淫靡な愛撫の責め苦を与えられているのに、真木の体は悦びに震え、芯から潤んで綻び、甘く開き始めている。

久慈をこの身に受け入れ、すべてを暴き立てる熱い剛直でかき回されて、想いをぶちまけてしまいたいと望んでいるのだ。

それは真木にとって恐怖だ。

体だけの関係ならば、狩野への想いは心の奥底に大切にしまっておける。

けれど久慈に抱く気持ちを暴かれてしまったら、真木はもう絶対に戻れない。

狩野を愛し、狩野に愛されていた記憶は、完全に過去のものになって――――。

「きみのここ、私の舌だけでほどけたよ？」

「……っ」

「でも、きみの心はまだほどけない。やはりもっと、悦びが必要みたいだね」

まなじりを濡らして震えていたら、久慈がゆっくりと立ち上がり、真木の背後で衣服を緩めた。

そうして身を寄せて真木の腰を手で支え、あわいを熱い屹立でひと撫でしてきたから、あんっ、とみっともない声が出た。

欲しがる体と、求めたら終わりだと怯える心。

それを結びつけようとするみたいに、久慈が楔を繋いでくる。

「あっ、ああっ、あっ……！」

肉襞を巻き上げながら、久慈の熱棒が真木の中へと沈み込んでくる。

欲しくてたまらなかったものを与えられた内腔は、ヒクヒクと蠢動する。

久慈がほう、と息を一つ吐いて言う。

「中、凄く熱い。ぴったりと私に吸いついて、包んでくれている」

「う、うっ」

「やはり、きみがいい。きみは最高だよ……」

久慈が陶酔したみたいに言って、ゆっくりと中を行き来し始める。

真木の体に、快楽の波がどうっと押し寄せてくる。

「ふ、あっ、ぁあ、ああっ」

蕩けそうなほどの喜悦に、喉から濡れた嬌声がこぼれ出てくる。

ひと月ぶりに腹の奥に感じる、雄々しく猛る久慈の欲望。

その形を真木の後ろはしっかりと覚えていて、いやらしく絡みついて貪欲に咥え込む。

まだ少しきつい窄まりをぐいぐいと押し開かれ、ズン、ズンと力強く抽挿されるたび、
チカチカと視界が明滅するほどの快感が走って、正気を失いそうだ。

真木自身も力を取り戻してきて、鈴口にまた蜜液が上がってくるのを感じる。

もう久慈なしなんて、考えられない。

そんなことを思うほどに感じて、どこまでもよがってしまうこの体。

それがただの肉の快楽への屈服でないことは、自分が一番よくわかっている。

心までも久慈に惹かれているからこそ、彼に抱かれることにこんなにも肉体が歓喜しているのだと。

「ううっ、ふ、ううっ」

悦びの声を洩らしながらも、知らず嗚咽が込み上げてくる。

久慈がそれに気づいて、優しく気遣うように訊いてくる。

「泣いているのかい、真木君？　自分が自分でなくなることが、そんなにもつらい？」

「つうぅ……」

「全部私のせいにしていいと言ったのに、それでもきみは怖くて、苦しいのだね」

そう言って久慈が、真木のうなじの辺りに顔を埋める。

「私を信じて心をすべてさらけ出してほしいと、そう思っていたけれど、どうやら私は、多くを望みすぎてしまったようだね？」

真木の中を穿つ動きを止めて、久慈が哀しげに言う。

「私は、きみを苦しませたくはないんだ。そんなにもこの関係がつらいのなら、もういっそ、終わりにしようか？」

「ぉ、わり……？」

「ああ、そうだ。二人きりで逢うのも抱き合うのもこれで終わりにして、全部なかったことにするんだ。きみがそんなにも苦しいのなら、私はそうしてもいいよ？」

「そ、な……」

いきなり別れを匂わされて、激しく動揺してしまう。

これで終わりだなんて、そんなのは嫌だ。

体でも心でも、真木は久慈を求めている。それを告げてもいないのに、全部なかったことになんてできるわけがない。

久慈のことが、好きだ。

だからこそ、その想いを告げて面倒がられたくない、この関係を解消されたくないと頑なに心を隠していたのに、これではまるで、それに気づいて先回りされたみたいではないか。

(もしかして、そうなのかっ……？)

涙で濡れた目で肩越しに振り返ると、久慈がこちらを見返してきた。

すべてをさらけ出してほしい。

それはもしや、想いを打ち明けてほしいということなのか。こちらの気持ちなどとっくに察しているくせに、真木のほうからそれを口に出してほしい、というのか。

「あ、あなたは、意地悪、だっ」

「私がかい？」

「本当はもう、わかっているんでしょうっ？　俺がどうして、あなたを避けていたのか……！」

揺れる声でそう告げると、久慈が目を見開いて、それからどこか安堵したみたいな顔をした。

口の端にバツの悪そうな笑みを浮かべて、久慈が答える。

「……そう、だね。きみの言うとおりかもしれない。でも、きみが怖がる気持ちはわかる。そしてたぶん、私も怖いんだ、結局は」

「久慈さん、も？」

「そうさ。だから、私はきみにこんなことをしてしまっている。だけど本当は、きみの胸の内にある想いが私の想像どおりならいいと思っていた。同じ気持ち、同じ想いなら、どんなにか幸福だろうって……。このひと月、私はまるで祈るみたいな気分だったよ」

「久慈さん……！」

久慈の言葉に、ドキドキと胸が高鳴る。

同じ気持ち、同じ想い――――。

本当に、そんなふうに思ってくれているのだろうか。

真木が久慈を想うように、久慈も、真木を……？

「どうか怖がらないでくれ、真木君。私たちが過ごした時間を、この体の熱さを、信じてみてはくれないか？」

背後からそっと体を抱かれて、胸が甘くしびれる。

もう、気持ちを隠しておくことなどできない。真木は震える声で告げた。

「……好き、です……、俺は久慈さんのことが、好きです！」

「真木君……」

「でも、怖かった。あなたは体だけだと言ったから、こんな気持ちを口に出したら、嫌がられるんじゃないかって」

「嫌がるわけがない。嬉しいよ、きみがそう言ってくれて」

久慈が言って、笑みを見せる。

「私も、きみが好きだよ。体だけでなく、心までね」

「……久、慈さ……！」

「けれど私ときみとの間には、立場上不均衡な力が働く。だからどうしても、きみのほうから言ってもらわなければならなかった」

そう言って久慈が、ポケットから鍵を取り出し、真木の手を縛める手錠を外す。

自由になった手を久慈の頭に回して引き寄せ、口唇に吸いつくと、真木の中に息づく彼自身がグンと嵩《かさ》を増した。

その熱としたたかなボリュームをもっと味わいたくて、後ろがひとりでに収縮する。

「好、き、久慈さんが、好きですっ……」

「私もだよ。ああ、どうかもっと言ってくれ」

「好きです、好き、ぁ、あっ、ああっ」

久慈が息を荒くしながら再び腰を使い始めたから、快感で声が上擦った。

窓ガラスに手をついて腰を突き出し、動きに合わせて尻を大きく揺すると、久慈が腰を抱え直して、内奥まで鋭く突き上げ始めた。

「ひっ、ぅう！　ああっ、あああっ――――！」

あらゆる抑制が取り払われたような、荒々しく雄々しい抽挿。

最奥まではめ込まれるたびに、ピシャッ、ピシャッと肉を打つ音がして体がガクガクと揺さぶられる。

まるで久慈に、思いの丈をぶつけられているみたいだ。

「あぅっ、ああっ、はあっ、久慈、さんっ！」

「真木君、真木君っ」

「いいっ、はぁっ、そ、こ、ぃいっ」

悦びを伝えながら、意地汚く後ろを絞って久慈の雄を締めつける。

刀身が先ほどよりもさらに嵩を増し、潤んだ肉の襞を捲り上げて内腔前壁を抉る。

切っ先は最奥まで届き、狭まった部分をグリグリと擦って、鮮烈な悦びを与えてきた。

腹の底が収斂《しゅうれん》してくる感覚に、真木は身震いしながら叫んだ。

「ひあっ、ああっ！　久慈、さっ、も、達、くっ！　いっ、ちゃ……！」

「いいよ。気持ちよくなってくれ」

「久慈、さんはっ？」

「こらえるよ。ゴムを、つけていないからね」

こんなにも切羽詰まって、欲望も硬く大きくなっているのに、律儀にそんなことを言うので一瞬唖然としてしまった。

でも、そんなところも愛おしい。真木は首をひねって久慈を振り返り、甘くねだるみたいに言った。

「中に、欲しいですっ」

「真木君……、でも」

「久慈さんのが、欲しい……。全部俺の中に、出してください！」

焦がれる思いで哀願すると、久慈が微かに眉根を寄せた。

「中に出すと、苦しいだろう？　いいのかい？」

「それが、欲しいんですっ。久慈さんの、だからっ……！」

真木のほうからだけ好意を寄せていたと思っていたのに、久慈も同じ気持ちだった。

想いが通じたことがただ嬉しくて、今や真木の全身が激しく久慈を求めている。

もっと深くまで繋がりたい。思いの丈を受け止めたい。

だから久慈の悦びの証を腹の奥底に注ぎ入れて、愛情を刻みつけてほしい。

そんな気持ちで熱っぽく久慈を見つめ、促すように後ろを絞って彼自身をきつく締めつける。

久慈がウッと呻いて、切なげに言う。

「わかったよ、真木君。きみがそう望むなら、応えよう！」

「……んぁっ、ああっ、はあああっ」

頂へと駆け上るように、久慈が抽挿のピッチを上げてくる。

腰を支える手で尻たぶをギュッと寄せられ、狭くなった肉筒をヌプヌプと水音を立てて擦り上げられて、真木は一息に頂上へと押し上げられていく。

「はぁあぁっ、達、くっ、ぃくぅうっ！」

「く、うっ、真木君……！」

真木の後ろがキュウキュウと収縮し、欲望がドッと白蜜を溢れさせた瞬間、久慈が下腹部を真木の双丘に押しつけて動きを止めた。

腹の奥のほうで彼が爆ぜ、熱いものを浴びせられたのを感じて、知らずまた涙が溢れ出してくる。

「あっ、あっ、感じ、る！　久慈さんの熱いのが、俺の中に……！」

真木のそれを味わいたいと言った久慈の言葉が、今になって理解できる。

自分の中に久慈のものを注がれた喜びは、言葉では言い尽くせないほど甘美だ。

「……好きだよ、真木君っ」

「久慈、さん」

「もっともっと、気持ちよくなってほしい。私のことを好きだと、言ってほしいっ」

「好き、ですっ、久慈さんの、ことがっ……、あぅうっ……！」

いきなり後ろからズルリと熱杭を引き抜かれ、喪失感を覚えて喘ぎ声を洩らすと、そのまま体を向き合わされ、胸を合わせて口づけられた。

もっと欲しい。もっと抱き合いたい――。

重なった口唇から、久慈の想いが流れ込んでくる。

その気持ちは真木も同じだ。欲望のままに久慈の首に両腕を巻きつけ、右肢を彼の腰に絡ませると、久慈が真木の背中を窓ガラスに預け、両肢を割り開いて抱え上げてきた。

そうして今度は、前からずぶずぶと繋がってくる。

「あっ、ああ！　はぁ、ああ……！」

硬度を失わないままの剛直をまた根元まで収められ、その質量にため息が出る。

そのまま大きく動かれ、頭の芯までゆさゆさと揺さぶられて、思考も何もかも吹き飛んだ。

「久、慈さんっ、好、きっ、ぁあっ、あああっ、ああああ――――！」

久慈にしがみついて、何度も何度も気持ちを伝える。

想いが通じ合った喜びに、真木は身も心も啼き濡れていた。


「……出港か」

定刻の八時を迎え、ゆっくりと桟橋を離れていく「シーノート」号を眺めながら、真木は独りごちた。

船体のむこう、東京湾の先には、出港を見送るように花火が打ち上げられているのがちらちらと見えている。

だが二重ガラスの窓越しに、音はほとんど聞こえない。

浴室を使っている久慈のシャワーの音だけが、荒淫のあとのどんよりとした頭に微かに響いてくるだけだ。

(なんだか信じられないな、まだ)

真木が気持ちを打ち明け、久慈が同じ想いを返してくれたこと。

もちろんそれ自体もだが、久慈の気持ちが、もしかしたら真木が考えているよりも深いのかもしれないことに、少しばかり圧倒させられている。

先ほど、監視任務の交代が来られなくなったと連絡があったが、トラブルの原因は、桟橋の近くで酔客が暴れ、対応に人手を割いたせいだったらしい。

だが、実はその後すぐにこの部屋からの監視を切り上げることが決まり、以降は別の建物の違う方向から船の監視がなされていた。

本当は切り上げた時点で、真木は任を外されていたのだ。

しかし久慈は意図的にそれを真木に告げず、緊急の回線で呼びかけたばかりか部屋にまでやってきて、真木をあんなふうに抱いた。

真木に避けられていると感じていた久慈が、逢瀬の時間を捻出するためにそんなことをするなんて、きっとほかの捜査員の誰に話しても、信じてはもらえないだろう。

(でも、おかげで気持ちを打ち明けられた)

体だけの関係だから好きになっては駄目だなんて、真木が勝手にそう思い込んでいただけで、人の関係というのは付き合いによって絶えず変わっていくものなのだ。

公安部への異動の件と一緒に提案されたせいで、久慈との逢瀬もその条件の一つだと判断してしまったことも、気持ちを抑制しようとした遠因なのだろうと、今になってみるとそんな気もする。

そういう小さな誤解も、これからはすぐに解消することができるだろう。

久慈と本物の恋人同士として付き合うようになれば、ではあるが。

(恋人、か)

亡くなった狩野に操を立てていた、というわけではまったくないが、彼への愛情はずっと持っていた。

後ろめたい気持ちはまだあるが、一方で本心から久慈を好きになってしまったことは否定できるものでもない。

そういう複雑な感情を、久慈に話すつもりはなかったが、もしもそれを打ち明けたなら、久慈は真木の心情を理解してくれるだろうか。真木の全部を受け止めて、愛してくれるのだろうか。

この恋に身を投げ出したら、真木は止まってしまった過去の時間から進み出ることができるのか――――?

「……?」

物思いに耽っていたら、監視任務で使っていた窓辺の椅子の上で、放り出したままの携帯のバイブが不意にぶる、と震えた。

画面を覗くと、発信者不明のメッセージの通知が出ている。

不審に思いつつも開いてみると。

「え……!」

メッセージには文章がついておらず、画像が一枚きり。

暗くて顔をはっきりと判別することはできないが、それは半裸で窓辺に身を押しつけられ、背後から久慈に抱かれている真木の姿だった。

とっさに身を屈めて暗視スコープを拾い上げ、方向に当たりをつけて窓の外を探る。

すると桟橋の近くの木の下に、こちらを見上げて立っている人物の姿が見えた。

「あれはっ……」

見覚えのある帽子と、モッズコート。目深に帽子をかぶっているので目元ははっきり見えないが、以前地下鉄の駅で見かけた男に間違いない。

どうして真木の携帯の番号を知って――。

「……まさか本当に、狩野さん、なのか……？」

そんなはずはない。

闇組織に命を狙われ、殺されたという証拠はいまだ見つかってはいないが、たとえ本当に事故だったのだとしても、遭難した船から生きて戻れたはずはない。

そう思うのに、確かめたくてたまらない。あそこにいる男が、一体何者なのか。

気づけば真木は、暗視スコープを投げ出していた。

た。

（やっぱりあのときの、男だ）

桟橋の脇の、鬱蒼《うっそう》と茂った木に囲まれた公園。

青白い外灯が一本立っているだけの薄暗い場所だが、こちらに背を向けて立つモッズコートの男は、やはり先日地下鉄の駅で真木が遭遇した人物のように見える。

ホルスターに入ったオートマチック拳銃に手を添えながら、真木は慎重に男に近づいた。

すると男がこちらに気づいた様子で、むこうを向いたままゆっくりと両手を上げて言った。

「……銃は向けないでくれ、真木。俺は丸腰だ」

「っ！」

ずっと聞きたいと願ってきた声。

もう二度と聞けるはずもなかった、愛する男の声。

信じ難い状況を前に、喉がカラカラに渇いて息が止まりそうになる。声をかけたいと思うのに、なんと言っていいのか言葉が出てこない。

身動き一つできなくなってしまった真木を振り返って、男が静かに言う。

「久しぶりだ。おまえ、ちょっと痩せたか？」

優しく気遣う声に、ジンと胸がしびれる。

短く刈り込んだ髪と野性的な顔立ち。

けれどどこかナイーブそうな、目尻の下がった目。

やや日に焼けていること以外は、三年半の月日が経っていても何も変わらない。

死んだはずのかつての恋人、狩野光司の姿が、真木の目の前にあった。

「……狩野、さん……、狩野さん……！」

震える声で名を呼び、涙で視界を曇らせながら駆け寄って、その胸に取りすがる。

真木の記憶の中にあるのと変わらない彼の匂い、そして間近で見上げた笑顔が、男は間違いなく狩野その人であると告げている。

瞬きもせずに顔を凝視して、真木は訊いた。

「狩野さん、本当に、狩野さんなんですかっ？」

「そうだよ。幽霊じゃないぞ？」

「ああ……、ああ！　狩野さんっ、狩野さんっ！」

こらえきれず声を上げて泣きながら、きつく狩野に抱きつく。

硬く厚い胸板も、昔の記憶と同じだ。彼は死んではいなかったのだ。

「生きてるなんて、思わなかったっ！　どうして今まで、連絡一つくれなかったんですかっ！」

驚愕と喜びのあとに、ほんの少し怒りが湧いてきたから、思わず責めるみたいにそう言うと、狩野がすまなそうに言った。

「悪かった。俺にも、少しばかり時間が必要だったんだ」

「時間……？　時間て、一体なんのです？」

「この世界の真理を学び、それをおまえに伝え、正しい道に導ける人間へと成長するための時間だ」

「……この世界の、真理……？」

一体何を言っているのだろう。

戸惑いを覚えている真木に、狩野が頷いて言う。

「何も不安になることはない。俺はおまえを迎えに来たんだ。さあ、俺と一緒に来い。俺と世界を変革しよう」

「は……？」

まるで何かの熱情に取り憑かれたみたいな、狩野の言葉。

その目には一点の曇りもなく、底が見えそうなほどに澄んでいて、迷いなく真っ直ぐにこちらを見つめてくる。

その瞳から感じ取れるのは、愛情と善意、そして深く満たされた心。

こんな目をした狩野を、真木は知らない。

わかるのはただ、何かがおかしいということだけだ。

「おい、そろそろいいか？」

「……？　つな、んっ……？」

背後から何者かに布で口と鼻を塞がれ、ギョッとして首をひねって後ろを見る。

褐色の肌、ギラリとした目つき。胸元に覗くタトゥー。

真木の顔に手をかけているのは、「J」だった。ニヤリと嫌な笑みで顔を歪ませて、「J」が言う。

「感動の再会はあとにしろよぉ。時間がねえんだからよ」

「……ああ、すまない」

狩野が涼しい顔で返事をする。

この二人、どうやら知り合いのようだ。一体何がどうなって――。

「……っ」

「よーしよし、そのまま落ちろよ色男ぉ。彼氏がいいトコロに連れてってくれるからよぉ！　ヒャッハハハ！」

下品な笑い声が、気を失いつつある頭にキンキンと響く。

何やら慈愛のこもった目でこちらを見つめる狩野の顔を凝視しているうち、真木は意識を手放していた。

三年半前。

狩野の姿を最後に見たのは、海難事故の日の朝のことだった。

前の晩は二人で飲みに行って、その後狩野の部屋へ行き、テレビを見ながらソファの上でくつろいでいたのを覚えている。

朝は二人で朝食を食べ、出勤するため真木のほうが先に部屋を出た。

あのときから何度も、その朝真木を送り出してくれた狩野の表情を思い返してきたが、何もおかしなところはなかった。

船で沖へ出て行方不明になるなんて想像すらもできないくらい、普段どおりの顔を見せていたのだ。

「……ん……」

霧が晴れるように、真木は意識を取り戻した。

薄暗い部屋。横たわっているのは冷たく硬い床の上だ。

部屋には溶剤や古い油と、微かに潮の香りが混ざったみたいな臭いが漂っている。ここは一体どこなのだろう。

起きあがってみようとしたが、動かせるのは頭だけだった。

腕は後ろ手に縛られ、足首が括《くく》られている。

狩野とあの「J」という男に捕らわれ、どこかへ連れ去られたようだ。

「……お、目が覚めたか色男。意外と早いお目覚めだなぁ」

「……！　『J』……！」

部屋の入り口から届いた声に、頭を起こして顔を向けると、「J」がこちらへやってくるのが見えた。

「警視庁公安部の真木さん、だったっけ？　まああんたと会うのは三度目だし、自己紹介とかはいらねえよな。もう怪我はいいのかよ？」

真木の目の前に「J」が屈み、こちらを見下ろして言う。

「あんた結構可愛い顔してるよなあ。旦那のオトコじゃなかったら味見くらいしてやってもよかったんだけどよォ、俺ァこう見えて結構堅いんだよ。他人のモンに手ェ出す気はねえ」

下卑た口調で「J」が言う。

旦那、というのは狩野のことか。やはり二人は知り合いのようだ。

どうして狩野がこの男と……？

「なあ、見てくれジェイク！　こいつは凄いぞ！」

「あぁん？　おいおい旦那ァ、勝手に出してきてんじゃねえよ！」

呆れた様子の「J」の背後から、狩野が部屋へと入ってくる。

その手に大きなロケットランチャーのようなものを持っていたから、ギョッとして目を見開いた。

「ああ、真木。目が覚めたのか？　見てくれよ、これを！」

狩野が真木のほうを見て、笑みを見せる。

「最新鋭の武器だよ。カッコいいだろう？　こいつがあれば海保のヘリだって難なくぶち抜けるぞ！」

「なっ……？」

「ほかにも地対空ミサイルや、迫撃砲だってある。まったくこの護衛船は素晴らしい！　もしかしたら、海自にだって勝てるかもしれないな！」

「……何を、言ってっ……？」

無邪気に目をキラキラさせてそんなことを言う狩野に、なんだかついていけない。

やはり狩野は何かがおかしい。まるで人が変わってしまったみたいだ。

一体この三年半の間に何があったのだろう。そして今は、何をしているのか。

「ひゃははっ！　旦那があんまりウキウキしてるから、色男が凄え顔してっぞ？　まあ、無理もねえけど……、と、ボスのヘリが甲板に着く頃だな。それ、ちゃんとしまっとけよ！」

「J」が言って、部屋を出ていく。

甲板、ということは、ここは船の船倉か何かで、真木はどこかに連れ去られている最中なのだろうか。

　真木は狩野を見上げて、注意深く訊いた。

「……ここはなんなんですか、狩野さん」

「ん？　ああ、『シーノート』の護衛船さ」

「『シーノート』の……？　てことは、これもカーンの船なんですか？　でも海保の情報に、そんな船は……」

「はは、それはそうだろうな。知っていたらこの船もマークされていただろうし」

　狩野が言って、小さく頷く。

「でも、カーンさんはそんなヘマはしないさ。何しろ世界を変えようという人だ。万事抜かりはないよ！」

（世界を、変える……？）

　実業家として成功し、その裏で闇組織の幹部を務めているような人間が、一体何を変えようというのか。

　こちらとしては首をひねるばかりだが、狩野は至って真面目な顔をしている。

　そういえば気絶させられる前に、俺と世界を変革しようとかなんとか言っていた。

　よくわからないが、狩野はもしかして、何かおかしな思想に傾倒してでもいるのだろうか。だから先ほどから、訳のわからないことを……？

「狩野さん、あなたは一体、どうしてしまったんですか」

「どうって、何がだ、真木？」

「何か、ヘンです。昔のあなたとは、違うみたいだ」

「……ああ、そういうことか。そうだな、俺は昔の俺とは違う。生まれ変わったと言ってもいいかもしれん」

狩野が思案げに言う。

「でも、根本の部分は変わらないよ。どうしたらこの世界を安定した秩序ある世界にできるのか。善良で罪なき市民をどうしたら守ることができるのか。俺が考えているのは、ずっとそれだけだ」

確かに、狩野は折に触れそう言っていた。

だが、それはあくまで警察官としての言葉だった。子供みたいな顔をしながら武器を手にしている人間の言葉としては、不穏すぎるのではないか。

『……ああ、ここにいたのか、コージ。そのランチャーを気に入ったのか？』

狩野の言動を訝っていると、親しげな調子の英語が聞こえてきた。

入り口のほうを見ると、そこにはカーンがいて、穏やかな笑みを浮かべて立っていた。

狩野が振り返って、同じく英語で言葉を返す。

『これはとてもいいものですね、カーンさん。すぐにでも役に立ちそうだ』

『その機会はほどなくやってくると思うぞ、コージ。きみには期待しているのだ』

カーンが言って、こちらに視線を向ける。

『彼かね？　きみがどうしても連れて帰りたかった男というのは？』

『無理を聞き入れてくださって感謝しています。彼なら、必ず組織の役に立つでしょう』

「……組織っ？　狩野さん、一体何を言ってるんですっ……？」

訳のわからぬ話に驚き、遮るように狩野に問いかけると、カーンがああ、と声を出して、
今度は真木に話しかけてきた。

『こんばんは、マキ。先日は私の部下が世話になったね。あの件で、きみが腕の立つ警察官だということはよくわかった。きみも我が組織に加わってくれるのなら、最高だ』

『我が、組織？　組織ってまさか、「スカルピオーン」のことを言ってっ……？』

狩野が言い残し、真木が懸命に調べ、公安も追っている闇組織。

狩野は三年半前、その内偵を進めていて、結果として彼らに殺されたのではないかと、
真木は疑っていた。

だが話の流れからすると、そうではないようだ。

もしや狩野は、警察組織を裏切って「スカルピオーン」に身を投じていたのか。

でもまさか、そんなはず……。

『コージは優秀な男だよ、マキ。日本の警察組織においても、我が組織においても』

動揺する真木に、カーンが意味ありげに言う。

『彼と出会ったのは七年前だ。人づてに私の思想を聞きたいとコンタクトを取ってきてくれたんだ。だからこの世界の不条理と、力による変革について話した。彼は賛同して組織に入ってくれて、私にいろいろなことを話してくれるようになったんだ。主に彼の仕事や、職場のことについてね』

『何……？』

そんなにも前から繋がりがあったことに驚愕するが、それはつまり、警察内部の情報を漏洩《ろうえい》していたということか。

狩野は警察と闇組織との間で、二重スパイ活動をしていたのか——？

『公安捜査員になってからは、より有意義な情報をもたらしてくれるようになった。しかし勘のいい上司に気づかれそうになってね。特に利用価値もなさそうな人物だったので消えてもらったが、そのあとに来たのが、きみもよく知っている警察庁の切れ者だったのだ。だから私は、潮時ではないかと助言した。それで、死んだことにして私の元へ来てもらったのだ』

まるで世間話でもするみたいに、カーンがそんなことを言うから、言葉を失った。

あの海難事故の真相を、よもやこんな形で聞くとは思いもしなかった。

しかも久慈の急死した前任者が、彼らに殺されていただなんて。

『……待ってください、では、あの事故のとき一緒にいたとされる、遺体で見つかった女性は……？』

『あれは組織の裏切者だよ。事故を装うついでに始末した。合理的だろう？』

なんの感情もなくそう言うカーンに、ゾッと背筋が凍る。

何よりも、こんな殺伐とした話をしているのに狩野が薄く微笑んでいるばかりなのが、真木には心底恐ろしい。

穴が開くほど狩野の顔を凝視していると、カーンが楽しげに笑って続けた。

『コージは今や戦士だよ。家族を失った哀しく痛ましい事件を糧に、この世界を平和へと導こうと戦っている。コードネーム「K」としてね』

『今、なんて……？』

「K」――――。

それは久慈がまとめたファイルに載っていた、正体不明のテロリストだ。

世界各地のテロ事件に関わっているとして、各国の情報機関が追い始めているというその男が、狩野だというのか。

そんなこと、信じられないし信じたくもない。

真木は頭を振って言った。

『嘘だ、そんなこと信じない！』

「真木、まあ聞いてくれ、俺は……」

「公安の情報を流していたとか上司を殺したとか、そんなの嘘だと言ってください、狩野さん！　あなたは正しい行いだけをする人だと！」

取り乱しそうになりながらも、どうにか抑えて叫ぶと、狩野がなぜだか哀しげな顔をした。カーンが察したように言った。

『おやおや、すっかり混乱してしまったようだな、彼は。今後、ジェイクと共にこの日本に組織の支部を作ろうとしていると知ったら、ますます驚いてしまうかな？』

「……そんな、ことをっ……？」

「全部本当のことさ、真木。俺は戦士になった。だから戦うつもりだ。この世界を正しい道へと導くためにな」

「やめてください狩野さん！　そんなことを言うのは！」

真木は遮るように言って、震える声で続けた。

「なんですか、戦士って……？　あなたは公安の仲間も俺も、みんなを騙して、裏切り続けていたんですか！」

「結果的にそうなってしまっただけさ。俺は、カーンさんの考え方のほうが合理的だと思っただけだよ。社会秩序を守りたいという気持ちは同じだ」

「反社会組織の一員に成り下がって破壊活動をすることの、どこが合理的だっていうんですか！　そんなのはまやかしだ！」

「破壊はしない。コントロールするだけだよ。人の心をね」

何を言っても、狩野と話が噛み合わない。言葉の通じないやるせなさが、徐々に哀しみへと変わっていく。

狩野をこんなふうにしたのは、カーンなのだろうか。

『あなたが狩野さんをそそのかしたんですかっ？　彼を、洗脳してっ？』

『洗脳？』

『そうとしか思えない。狩野さんと俺は、同じテロ事件の被害者遺族としてわかり合えていたのに、今は話も通じない。あなたがそうさせたのでしょうっ？』

『やれやれ、なんて言い草だ。洗脳だなんて、そんなことするはずがないじゃないか』

カーンが嘆くように言う。

『そんなふうに言われるのは心外だよ、私も、コージも。すべては彼自身の意思、彼が決めたことなのだから。でも、それはきみだって同じだろう？』

『俺と、同じ？』

『そうさ。きみはただの所轄の刑事だったのだろう？　それが例の切れ者の警察官僚に見出されて、今やほとんど彼の忠犬みたいなものだと、私はそう聞いているが？』

『……！』

『きみは、進んでそうなったのではないのか？　まさかその男に洗脳されたとでも言うつもりかね？』

『お、俺はっ……』

久慈の提案を受け入れたのは、ただ狩野の死の真相を知りたかったからだ。

一瞬そう言い訳しようとしたが、久慈と自分との関係を、彼らにどこまで知られているかわからない。下手なことを言えば久慈が窮地に陥ってしまう。

それはまずいと思い、口をつぐむと、カーンが肩をすくめた。

『まあいい。組織の思想を理解してもらうためには、それなりの時間が必要だ。このまま船旅を共にしたいのはやまやまなのだが、私も多忙でね。そろそろ日本をあとにしなければならない。いずれまたゆっくりと話をしようじゃないか、マキ』

そう言ってカーンが、親しげな笑みを向けてくる。

『そうだ、きみを「シーノート」に招待するよ。カジノを楽しめるし、ショーやイベントも開催されている。ほかにもちょっと面白いものが見られるから、コージに案内してもらうといい。頼めるか、コージ？』

『もちろんです、カーンさん』

『では、また会おう。これからコージと過ごす間に、きみが少しでも私の考えを理解してくれたら嬉しいな』

余裕の表情を見せて、カーンが背を向ける。

入り口まで迎えに来た「J」と共に去っていくのを、真木は苦々しい思いで見送っていた。


「なかなかよく似合ってるぞ、真木。痩せたように見えたが、体は結構鍛えていたんだな？」

タキシードをまとって大きな鏡の前に立つ真木を、同じくめかし込んだ狩野が、背後に立ってうっとりと眺めながら言う。

豪華客船「シーノート」号のクローゼットルーム。

狩野が真木のために見繕ったタキシードジャケットは、少しばかり肩と胸回りがきつかった。

ここ数年、真木は時折トレーニングの時間を作るようにしていたから、狩野の知っている真木より、今のほうがいくらか体格がいいのだろう。

首につけさせられたチョーカーに狩野が指で触れて、すまなそうに言う。

「こんなものをつけさせて悪いな。おまえが俺の前でおかしな行動をとったりするはずはないと、俺はそう言ったんだが」

首のチョーカーには小型爆弾が仕込まれている。無理やり外そうとしたり、つけている者の脈拍を感知できなくなると爆発する仕掛けだという。

起爆と、取り外し用のコードを入力するためのリモートコントローラーを内ポケットにしまって、狩野が言い訳をするみたいに続ける。

「だがまあ、これも俺たちのこれからのためだ」

「……これから？」

「そうさ。俺はまだおまえを愛している。あの頃と変わらずな」

熱っぽい目をしてそんなことを言う狩野と視線を合わせていられなくて、さっと目を伏せる。

その言葉は恐らく本当なのだろう。

真木だってずっと狩野を想ってきたし、久慈とあんなことになってもその気持ちに偽りはないと感じていた。

でも、今は――――。

「さあ、じゃあ船の中を案内するぞ。ここは公海だし、なんならおまえもギャンブルをやってみるか？」

狩野が軽口を言いながら廊下に出るよう促したので、部屋を出て絨毯の敷かれた廊下を歩く。

豪華客船に乗るなんて初めての経験だ。内部は落ち着いた色合いの壁紙や洒落た照明に彩られ、まるで高級ホテルの中にでもいるみたいだ。

だが丸窓から覗く景色は漆黒の闇だ。月でも出ていれば海に反射して光を放つのかもしれないが。

「あ……」

バックヤードエリアへのドアを通り抜け、螺旋状の階段を上って細い通路を進んでいくと、不意に眼下に、ガラスの天井で覆われた明るいフロアが見えてきた。

スロットやルーレット、カードゲームに興じるゲストたちで盛り上がる、広いカジノフロア。

通路はフロア全体をぐるりと囲うように続いており、黒服の男が三人ほど立って、上から鋭く目を光らせている。

一番間近にいた男がこちらをギロリとにらんできたが、狩野がさっと手を上げると、軽く頷いて反対側へと歩いていった。

狩野が真木と並んでカジノを眺めながら訊いてくる。

「どうだ、広いだろう？　この規模のカジノ船はアジアにはほかにないんだ。だから今日は、あちこちから客が来ている。ほら、あそこのルーレットのところにいる男、わかるか？」

（……あれは……）

初めて見るカジノに圧倒されて、いくらか呆然となりながら眺めていたが、よく見てみると、狩野が示した男は隣国の高官だ。

ほかにもニュースで見かけるような政治家や有名人が何人もいて、その客層の幅広さに驚かされる。

皆、公安の監視の目に留まることなくこの船に乗船しているということは、どこからか送迎するルートがあるのだろうか。

「もちろん日本人もいるぞ。もっとも奴らは、今の時間はここよりも別のところに入り浸っているがな」

「別の、ところって？」

「来いよ」

狩野が先に立って歩き出したので、慌ててあとに続く。

カジノを離れて別の区画へと進み、とある部屋に入っていくと。

「っ！」

大きな窓のむこうにトップレスの女性が数人見えたから、思わず目を逸らした。

狩野がクスクスと笑って言う。

「別に、見てもかまわないんだぞ？　彼女たちはプロだ」

「プロ……？」

「ヌードダンサーだよ。そら、客席を見てみろ。ジジイどもが群がっているぞ」

狩野の言葉に、ためらいながらも視線を向ける。

窓だと思ったが、どうやらマジックミラーになっているようだ。むこうからはこちらが見えていないようで、ステージにかぶりつきになって女性たちの艶めかしい姿を見ている男たちは、皆劣情丸出しの恥ずかしい顔をさらしている。

その顔のいくつかに見覚えがあったから、真木は驚愕した。

「……あの人は、確か……」

政権与党の若手幹部に、高級官僚。

見覚えのある男たちは、皆それなりの社会的地位についている者ばかりだ。

ストリップを楽しむのは、別に違法行為ではないが……。

「そっちはまあ前座みたいなものだ。こっちへ来い。面白いものが見られるぞ」

狩野が言って、部屋の奥へと進み、続き間になっている部屋のドアを開けたので、あとについていく。

するとそこには何台ものモニターがあった。

映っていたのは――――。

「……これは……」

明け透けな情事や乱交、性的プレイ、何人かで薬物を摂取していると思しき様子。モニターには、欲にまみれる人間たちの赤裸々な姿が映し出されている。

裏社会と繋がりがあると噂されている芸能人や、時折ワイドショーをにぎわせている会社社長、そしてここにも、有名政治家や官僚の姿があった。

こんなふうにモニターで眺められるということは、記録されているということだ。彼らはそれを知っているのだろうか。

「日本人てのは、昔から接待したりされたりするのが好きだよな」

狩野が呆れたふうに言う。

「お互いに堕落した姿をさらすことで、逆に絆を深めたりもする。俺には、よく理解ができない世界だったなあ」

それは真木も同じ気持ちだが、この場所を提供しているのはカーンだろう。

日本社会の中枢にいる人間たちの堕落した姿が、彼らを強請《ゆす》ろうと考えるような者たちの手に渡ったりすれば、国家の危機に繋がらないとも限らない。

そうとわかっていながら、狩野はここにいるのだろうか。

「……あの人たちを堕落していると言うあなたは、ここで何をしているんです」

「真木……？」

「戦士だとか戦うとか……。今のあなたは暴力思想に染まっている。警察官として、それは堕落ではないんですか？」

狩野がテロリストの「K」であるという事実。

真木はそれを、どうしても受け入れられない。妹の死をあんなにも嘆き哀しみ、誰よりもテロリズムを憎んでいるはずの狩野が、歪んだ思想のために誰かを傷つけ死に至らしめるような行為に加担しているなんて、とても信じられないのだ。

けれど狩野は、カーンの言葉を否定してはくれなかった。

そして真木の挑発の言葉にも、笑顔を見せて答える。

「俺はもう警察官じゃない。それに堕落してもいない。ただ知っているだけさ。世界の秩序を守れるのは武力、そしてそれを支える金だけだとな」

「よしてください、そんなふうに言うのは！」

「俺といたら、いずれわかる。おまえにもな」

何を言っても言葉は響かず、彼の心には届かない。こんな人ではなかったのにと、本当に哀しくなってくる。

言葉を失った真木に、狩野が哀れむみたいに言う。

「おまえは、まだわかっていないんだよ。公安の汚さも、恐ろしさも」

「な？」

「久慈幸四郎、あの男は警察庁の秘密機関の幹部だろ？　連中が裏で何をしているか、おまえは知っているのか？」

「裏、なんて、そんなものは」

「工作や違法捜査、盗聴に活動費の流用。あそこはなんでもありの世界だ。将来の警視総監と目されているようなあの男が、それに関わっていないわけはない。目的のためなら、使えるものはなんでも使う。それが公安だ。おまえだって利用されているだけなんだぞ、奴に」

教え諭すみたいに、狩野がそんなことを言うから、一瞬動揺してしまう。

狩野が声を潜めて言う。

「実際のところ、奴がおまえを公安に引き込んだのは、俺を捕まえるのに使えるだろうと思ったからだろうな。俺とおまえとが恋人同士だということも、当然知っているはずだ」

「そんなっ？　まさか、それはっ……」

「いいや、知っているに決まってる。だからあの男は、あんなふうに俺に見せつけるみたいにおまえを抱いたんだ。俺を煽ったんだよ。おまえの恋人だった真木は、今は自分のものなんだ、ってな」

「……そんなっ……」

久慈が真木の過去を調べていないとは考えられなかったが、狩野も真木も、お互いにかなりの注意を払って周りに関係がバレないようにしていた。

真木が久慈と今の関係になってから、それを知っている様子を見せたことは一度もなかったから、気づかれているなんて思いもしなかった。

本当に久慈に知られていたのだとしたら、あまりにもいたたまれない。

そしてもちろん、狩野に久慈との行為を見られていたことも。

「さっきのことなら気にしなくていいさ、真木。おまえはあの男にいいようにもてあそばれていただけなんだ。俺の気持ちは何も変わらないよ」

「狩野さん……」

「やり直せるさ、俺たちは。おまえのことを誰よりも愛しているのは、この俺なんだ」

そう言って狩野が、こちらに身を寄せて腰に腕を回してくる。

「これからはずっと一緒だ。俺と世界を救おう。愛している、真木」

「……っ」

熱っぽくそう言われ、口唇を重ねられて、思わず眉を顰《ひそ》めた。

ずっと面影を追い続けていた、かつての恋人とのキス。

なのに今は不快感しかない。狩野はもはや、かつて愛した彼ではなくなってしまったのだと、苦い思いとともに実感する。

(俺は、警察官だ)

狩野が彼の信念に従った言葉を発すれば発するほど、真木はむしろ、その思いを強くする。

たとえ狩野の言うことが本当で、久慈に利用されていたのだとしても、真木は絶対にテロリズムを受け入れたりはしないし、いち公安捜査員としても職務に忠実でありたい。

真木はぐっと拳を握って、絡みつく感情の糸を断ち切った。

そうしておずおずとした動作で、狩野の背中に両腕を回し、彼の口唇に吸いついてキスに応じる。

彼のタキシードジャケットの手触りをなぞるように背中を撫でると、狩野が微かに息を揺らし、真木の体を抱き締めてきた。

「……」

この船の内部の様子、顧客、そして狩野が「K」であること。

さし当たり、ここで得た情報はそれくらいだろうか。

カーンは「J」と共にヘリコプターで船から移動したから、もしかしたらもう出国してしまったかもしれない。

それも含め、久慈に伝えなければ。

狩野が今所持しているのは、真木のチョーカーをコントロールするためのリモコンと、彼自身の携帯だけだ。真木の拳銃は取り上げられているので使えない。

彼を油断させて携帯を奪い、外部に連絡を取りたいが、爆弾をなんとかしないと自分も船のゲストも危険にさらされる。

　ということはリモコンと取り外し用のコードも手に入れる必要がある。そのためにはどうしたらいいか――――。

　間近で狩野を見つめて、真木は言った。真木は冷めた頭ですばやく考え、やがてゆっくりと口づけを解いた。

「……狩野さん……、俺……、俺も、やっぱりまだ、あなたのことが好きみたいだ」

「真木……、それは、本当か？」

「本当です。久慈警視とは寝たけど、それは全部、狩野さんのためだったんだっ」

　声を震わせながらそう言って、情に訴えかけるみたいに狩野の瞳を見る。

「狩野さんが死んだなんて、俺にはどうしても受け入れられなくて……、あの人なら何か知っているんじゃないかって思って、身を任せたんです。でも気持ちなんかない。俺が好きなのは、ずっとあなただけだった」

「真木……、真木っ」

　心底嬉しそうな声で言って、狩野が何度もキスをしてくる。

　狩野が本心から自分を想っているのが感じられて少しばかり心苦しいが、食いついてくれたならこちらもやりやすい。

　真木は狩野の頬にそっと手を添えて、ねだるみたいに言った。

「狩野さんと、愛し合いたい。今すぐに」

「……真木っ……」

「俺はあなたのものだって、ちゃんと感じたいんです。だからっ……」

欲望をこらえきれなくなったみたいにそう言って、自らジャケットを脱いで蝶ネクタイを外してみせる。

すると狩野が荒い息をして真木のカマーバンドを剥ぎ取り、シャツの前を開いて胸に口づけてきた。

そうしながら彼もジャケットを脱ぎ捨て、じれったそうに衣服を緩める。

どうやらすっかり興奮してしまったようだ。部屋の壁に背中を押しつけられ、キスをしながら体をぐっと寄せられたら、彼の体温が伝わってきた。

もう一度この腕に抱きたいと、あれほど焦がれた狩野の体なのに、真木はもうピクリとも昂ぶらない。哀しいけれどこれが現実だ。

「真木、愛してる、真木……！」

狩野が熱に浮かされたように言いながら、真木の目の前に膝をついて屈み、サスペンダーを外そうと手をかける。

やるなら今だろう。

真木はすばやく狩野の首に外した蝶ネクタイを巻きつけ、締め上げながら腹を膝で蹴り上げた。

狩野がぐう、と唸って倒れ込む。

（狩野さん、ごめん……！）

気を失った狩野に心の中で謝罪しながら、真木は狩野が脱ぎ捨てたジャケットを拾い上げていた。


（久慈さん、写真見てくれたかな）

それから小一時間ほどあとのこと。

真木は客船の船尾にある物陰に隠れて、誰にも気づかれぬよう気配を殺していた。

もうすぐ午前零時を過ぎる。予定では、「シーノート」号は再び日本の領海へと戻っていくはずだ。それまでなんとか身を隠していられれば、久慈ともきちんと連絡が取れるだろう。

真木はポケットから、狩野の携帯を取り出した。

狩野のジャケットから取り出して持ってきたそれは、昔と同じように、狩野が好きなスタンダードジャズにちなんだパスコードでロックされていた。

内部にはあまりデータは入っていなかったが、解析すれば恐らく何かしらの情報を取り出せるだろう。

　真木はひとまず有用と思われる情報とこの船の位置情報を公安部の情報集積サーバーに送り、監視の目をかいくぐって船内を回って、いくつか写真を撮ってそれも送った。

　狩野が生きていて、「スカルピオーン」の幹部であるカーンに従っており、テロリスト「K」として世界各地でテロ行為を行っているという、信じ難い事実とともに。

（もっとちゃんとした情報も、送りたかったけど）

　自分の携帯はホテルに置いてきていた。狩野は武器を持っていなかったし、今の真木にできるのはこれくらいだろう。

　首のチョーカーを外せたら、もう少し安全に船内を動きまわって調べたりできるのだが。

「……さすがに、勘で入力するってわけにはいかないからな」

　ため息をつきながら、狩野が持っていたリモコンを眺める。

　チョーカーの取り外し用のコードは、四桁の番号だ。

　これも狩野が好んで聞いていたジャズナンバーにちなんでいるなら、いくつか思い当たる番号がなくもないが、携帯のパスコードと違ってこちらは間違えた瞬間に大爆発だ。

　最悪自分が死んだとしても、船のゲストを巻き込むわけにはいかないから、もしものときは海に飛び込めるよう、もう少し甲板に出やすいところにいたほうがいいだろうか――。

「……っ？」

狩野の携帯が突然震え出したので、ギョッとして画面を見る。

出るわけにもいかないし、着信を拒否しようか。

そう思ったが……。

「……この番号……、これは……！」

ホテルにいたときに真木の携帯にかかってきた、緊急用の番号。

これは久慈だ。胸が高鳴るのを感じながら、真木は通話ボタンを押した。

『私だ』

低く艶のある、久慈の声。

狩野の携帯電話は外国のもののようだったが、発信元を探知してかけてきてくれたのだろう。真木は声が震えそうになりながら言った。

「……真木、です」

『一人か？』

「はい。船尾で身を隠しています」

『そうか。無事でよかった』

安堵感のにじむ声に、こちらもなんだかホッとする。

だが、文字通り一触即発の状況だ。真木は落ち着いて言った。

「すみません、無事とは言い難いです。首に、爆弾を仕掛けられていて」

『爆弾を？』

「取り外しのためのコードを入力するリモコンは持っていますが、番号がわかりません。いざとなったら海に飛び込むつもりです」

『……そうか、そんなことに』

久慈が唸るように言う。だが一瞬の間を置いて、きっぱりとした声で告げてくる。

『必ず助けると約束する。今から五分経ったら、船尾の甲板に出るんだ』

「甲板に？」

『五分だ。いいね？』

短く言って、通話が切れる。

一体五分後に何が起こるというのだろう。

(でも久慈さんが言うのなら、きっと何か策があるはず)

狩野の携帯でさっと時間を確認して、ふっと息を整える。

狩野はあんなことを言っていたが、久慈がどんな警察官僚なのか、真木ほど知っているわけではない。真木にとって信頼できる男で、彼になら命を預けられると感じてすらいることも、狩野は知らないのだ。

真木が久慈に惹かれ、愛を告げたことさえも……。

（久慈さんに、逢いたい……）

こんなにも我が身に命の危険が迫った状況なのに、いや、むしろそれだからこそ、真木の胸には久慈への熱い想いが切々と広がる。

彼を好きだと、抱かれながらそう告げた。彼も同じ想いを返してくれ、心から結ばれた。

あれは偽りではなかったのだと、そう信じたい。

狩野の言うように、彼に利用されていたのだとしても、あの瞬間だけは本物の愛情で繋がっていたのだと、真木はそう思いたいのだ。

もう一度逢えば、彼は本当のことを言ってくれるだろうか。

真木の気持ちを受け入れて、愛を返してくれるのか――。

「ここにいるのか、真木っ？」

「っ！」

狩野の声がかなり近くで響いたので、心臓が飛び出しそうになる。

物陰から様子を窺うと、狩野が船尾の区画へと近づいてくるのが見えた。

意識を取り戻して真木を捜しに来たのだろう。

まだ久慈に言われた時間まで、何分も残っているというのに。

「真ー木。なあ、ここにいるんだろう？」

よく通る声で、狩野が訊いてくる。

「まったく、おまえには騙されたよ。どこであんな迫真の演技を覚えたんだよ?」

(狩野さん、怒ってるな、凄く)

声の調子でそれがわかる程度には、長い付き合いだった。

それでも声を荒らげたり手を上げたりするタイプではなかったが、今はどうだかわからない。なんとかやりすごしたいが、ここは船尾で行き止まりだ。

あとほんの数分、見つからずにすむかどうかは微妙なところだ。

「……出てこいよ、真木。船に大穴を開けたくない。おまえだって、船尾客室でよろしくやってるゲストを吹っ飛ばしたくはないだろう?」

チョーカーを取り外せていないことを見抜いているのか、狩野の口調には脅すような響きがある。

昔の狩野ならいざ知らず、テロリストの「K」なら、ここで真木ごと爆弾を爆発させることくらいためらいなくするかもしれない。

リモコンのほかに起爆装置がないとは限らないし、爆発させられたら確実にゲストを巻き込むことになる。せめて甲板の端まで駆け寄ることができる場所にいたほうがいいかもしれない。

久慈に告げられた時間まで、あと三分ほど。真木は意を決し、両手を上げて照明の当たる甲板へを出た。

狩野がパッと笑みを見せる。

「真木〜！　出てきてくれて嬉しいよ！　本当におまえは、昔から気が強い奴だなぁ！」

大げさに両手を広げ、なぜだか楽しげに言いながら、狩野がゆっくりこちらへと近づいてくる。

じりじりと後ずさり、手すりのところまで行くと、背後に波音が聞こえた。

黙って顔を見据えていると、狩野がどこか切なげな顔をした。

「そうか……、騙されたと感じるのは、案外心が痛いものなんだな」

小さく首を横に振って、狩野が言う。

「でも、仕方がなかった。俺は世界を変える力が欲しかったんだ。警察官でいたら、俺の望みは叶わなかった」

「テロリストになれば、叶うとでも？」

「武力や暴力、圧倒的な力は、それだけで人を動かす。今のおまえだってそうだろう？」

そうやって従わせたところで、心までは動かせない。

狩野はもう、そんなことすらも忘れてしまったのか。心が通じ合っていた相手が変わってしまったことが、今はただ哀しい。

狩野が哀願するように言う。

「なあ、真木。それでも俺は、どうしてもおまえじゃなきゃ駄目なんだよ。どうか一緒に来てくれ。俺と一緒に」

「できません」

「どうしてだ」

「俺には、裏切ることができません。久慈さんや先輩や同僚、そして何より、国民の信頼を。俺は、警察官ですから！」

あと一分――――。

焦りを隠しながら、偽りのない心からの言葉を発する。

いつでも跳び越えられるよう、ぐっと手すりを握ってにらみ据えると、狩野の顔からスッと表情が消えた。

確かにこちらを見ているのに、まるでもっと遠くを眺めているみたいな顔つきだ。ヒヤリとするほど冷たい声で、狩野が言う。

「……そうか。それなら、もう無理にとは言わないよ。おまえにだって譲れないものがあるのなら、それは仕方のないことだ」

狩野が沈んだ目をしてこちらを見つめる。

「でも、真木。知っているだろう？　もうすぐあの日が来る。俺たちにとって一生忘れることのできない、あの日が」

「……！」

狩野の妹と真木の姉夫婦の命を奪った、コートダジュール事件――。

狩野がいなくなってから遺族会は開かれていなかったが、ちょうど十一回目のその日が、もう来月にはやってくる。

そして、その日は、狩野の誕生日でもある。

「俺はまた、歳を重ねる。十一年前のあの日から、俺は呪われた。おまえなら、その呪いを解いてくれると思っていたのにな」

狩野がタキシードジャケットの胸元に手を入れ、先ほどは携帯していなかった小型の拳銃を取り出して、儚い笑みを浮かべてこちらを見つめる。

「この先もずっと、俺はあの日が来るたび歳を取り、そして哀しみに打ちひしがれる。でも、おまえがいてくれればそれでよかった。真木、おまえさえいてくれれば……！」

「狩野、さん」

「でも、もうこうするしかないのかもしれないな。おまえを俺だけのものにするには、こうするしか……！」

「……！」

狩野がゆらりと銃口をこちらに向けたから、ぐっと息が詰まった。

真木の脈拍が消えても、チョーカーの爆弾は爆発する。

海に飛び込んで船を守らなければと、慌てて手すりを乗り越えようとした、そのとき。

「ぐわっ」

狩野が唸るように声を上げ、拳銃を取り落としてその場にうずくまったから、一瞬何が起こったのかわからず目を見張った。

どうやら、どこからか狙撃されたようだ。

そろそろ時間だと気づいて辺りを見回すと、船にヘリコプターが二機近づいてきて、甲板が眩しく照らされた。

手すりにつかまって屈み、ヘリコプターの風圧をやりすごしながら目を細めて見上げていると、タクティカルスーツに身を包み、自動小銃を持った男たちが、片方のヘリコプターから次々と降下してきた。

狩野は逃げる間もなく制圧され、頭を甲板に押しつけられて顔を顰《しか》める。

男たちを降ろしたヘリコプターが真木の真上を通った拍子に、機体の底部に書かれた文字が見えた。

『海上保安庁』。

どうやら男たちは、海上のテロやシージャック対応に特化した特殊警備隊、ＳＳＴの隊員たちのようだ。

「……真木君！　無事か！」

二機のヘリコプターが船の上空へと離れていき、轟音が僅かに遠のくと、聞き慣れた声が耳に届いた。

もう一機から降りてきたらしい久慈がこちらに駆け寄ってくるのが見え、本当に助けに来てくれたのだと胸が熱くなる。

久慈が真木の顔を見つめ、それから首のチョーカーを目で確かめたから、リモコンを取り出して見せた。

久慈が取り押さえられた狩野のほうを振り返って、声をかける。

「きみとこんなふうに再会するとは思わなかったな、狩野君。いや、あえて『K』と呼ぼうか」

「っ……」

「きみが正しい状況判断のできる男なら、ここでこれ以上抵抗したところでなんのメリットもないとわかるだろう。今すぐ爆弾を外したい。コードを教えてくれないか」

至って冷静な言葉で、久慈が狩野に告げる。

だがそれが癇に障ったのか、狩野は鋭い目をして久慈をにらんだ。

低く呻くように、狩野が訊ねる。

「あんたは、いつから知っていたんだ、俺が『K』だとっ？」

「ごく最近だよ。だが間違いであればいいのにと思っていた。真木君が哀しむからね」

「黙れっ！　俺を狩り立てるために真木を利用したくせにっ！」

狩野が叫んで、憎しみのこもった目で久慈をねめつける。

「あんたには絶対にわからないっ！　俺にとって真木が、どれほどかけがえのない存在だったかっ！」

「その彼の命を、きみは奪おうというのか」

「真木だけが俺を救ってくれるんだっ！　真木だけがっ、真木だけがっ！」

言い募る狩野の声からは、有無を言わさぬ激情と、深い嘆きだけが響いてくる。

久慈と話をする気など、彼には少しもないのだ。

ただ真木を求め、あの日の「呪い」を解いてもらいたいと――――。

（……ああ、そうか）

暴力思想の闇に落ち、もはや話も通じなくなってしまった元恋人が、それでも最後まで持っていた微かな希望。

それが自分なのかもしれないとまざまざと感じて、涙が出そうになる。

この首のチョーカーは、さしずめ二人を繋ぐ運命の輪なのだろう。

だとしたら、番号は一つしか思い当たらない。

「『K』、番号を言うんだ。きみが彼にこだわる気持ちは理解したいが、彼は……」

「久慈さん、もういいです。俺、わかりましたから」

「真木君……？」

「狩野さん、俺を殺す気なんてなかったんだ。ちゃんと、ヒントを出してくれてたんですから」

真木は言って、リモコンのテンキーですばやく数字を打ち込み、入力キーを押した。

――――１０ＸＸ。

十月某日。忌まわしいテロ事件の日付が点滅すると、カチリと音を立ててチョーカーが首から外れた。

久慈が小さく息をのみ、それから安堵の吐息を洩らす。

真木は狩野のところまで歩いていき、膝をついた。

切なそうな目をしてこちらを見上げる狩野に、真木は言った。

「ごめんなさい、狩野さん。俺は結局、あなたの哀しみに寄り添えなかった」

「真木……」

「あの頃、俺がもっと大きな心を持っていたなら、あなたが間違った道へと堕ちていきそうなことに、気づけたかもしれないのに。残念です」

淡々と、だが素直な言葉を、別れの言葉のつもりで告げる。

すると狩野が、儚げに微笑んだ。

「……おまえは立派な人間だよ、真木。謝らなくていい」

「……」

「これからも、おまえはそのままでいろ。正しく真っ直ぐに、生きていってくれ」

狩野が言って、小さく頷く。

それからあごを妙な具合に歪めたから、一瞬どうしたのかと顔を見ていると――――。

「危ない、離れろ！」

久慈が鋭く言いながら、真木の腕をつかんで引き倒し、守るように覆いかぶさってくる。

次の瞬間、ドッ、と果実を落としたような鈍い音が聞こえたから、何が起こったのかと焦った。

久慈の腕の隙間から確かめると。

「……狩野、さん……？」

狩野は身じろぎもせず、甲板に倒れていた。

見開いた目と鼻、そして耳と口から、どす黒い血が流れている。

狩野が目の前で自決したのだと気づいて、頭が真っ白になる。

毒か、あるいは極小型の爆発物か何かを、歯にでも仕込んでいたのか。

「……『K』、いや、狩野光司……。そんなにも、カーンの思想に毒されてしまっていたのか……」

久慈が無念さのにじむ声で言う。

だが、一体真木に何ができただろう。

狩野の凄絶な死に顔を、真木はただ、声もなく見ているばかりだった。


「もうすぐ、夜が明けるね」

「そうですね」

「寒くないかい？」

「……大丈夫です」

海上保安庁の巡視船の一室。

港に着くまで休んでいていいと言われたが、そんな気分にはなれなかったから、真木はベッドの縁に腰かけて、半ば呆然と窓の外を眺めていた。

白々と明け行く空を、こんなにも無情に感じる朝が来るなんて。

「きみのせいじゃない」

久慈が言葉少なに言う。

もちろんそれはわかっている。昔も今も、真木にはどうしようもなかったのだ。

狩野は完全にこの世を去り、彼が何を思っていたのかをこれ以上知るすべもない。

でも久慈はどうなのか。どこまで狩野のことを知っていたのか。狩野が言うように、本当に自分のことを利用しようとしていたのか。

訊きたくてたまらないが、何から訊ねればいいのかもわからない。

この出来事が公になれば、おのずとわかるのかもしれないが……。

「……久慈さんは、最初から知っていたんですか、狩野さんが生きていることを？」

どうにか質問を切り出すと、久慈が真木の隣に腰かけて、静かに言った。

「最初、というのが、きみとの関係が始まったときという意味なら、答えはイエスだ。私は知っていたよ。狩野君が生きているであろうことを」

「……どうしてっ、なんで、黙っていたんですかっ！」

「理由はいくつかあるが、一番は、きみたちが愛し合っていたことを知っていたからかな」

こちらを真っ直ぐに見つめてそう言われ、やはり狩野と付き合っていたことを知られていたのだと気づかされる。

ならば久慈が真木に近づいたのは、何か利用するため――――？

「一年ほど前になるかな。国際刑事警察機構《ICPO》から、『スカルピオーン』の武装組織に属している『K』というテロリストについての情報の照会があった。まったく正体がつかめないが、世界各地の破壊工作に関与していて、日本人の可能性があるとされていた」

「ICPOから……？」

「ちょうど公安警察のほうでも、狩野君の事故と彼が行っていた『スカルピオーン』の内偵に関して調べていたところで、思い当たるところがあった。様々な状況や情報を突き合わせてみた結果、『K』と狩野君は同一人物だろうと結論づけられたのだ。つまり、彼は生きているのだとね」

そう言って久慈が、表情を曇らせる。

「だが、国際的な事件に関わった疑いのあるテロリストだ。我が国の公安捜査員だったと世界に知られるのは、警察組織にとっていいことではない。もちろん我が国にとってもだ。それで上と協議した結果、秘密裏に見つけ出して拘束するのが妥当だろうということになった。彼は幽霊ではないと、わかったわけだからね」

「幽霊……？」

狩野にもそう言われたが、少々非科学的な言葉だ。訝りながら顔を見つめると、久慈が小さく頷いて言った。

「そう、最初は不可解な情報だった。きみの家、所轄の警察署、好んで立ち寄るコーヒーショップ……。そんな場所に死んだはずの狩野君がたびたび現れて、その死にもっとも疑念を抱いている警察官の姿を、声をかけるでもなくただ眺めて去っていくと」

「狩野さんが、そんなことをっ？」

「尾行はことごとくまかれ、どこから現れるのかもどこへ去ったのかも、なんのためにそうしているのかもわからない。部下が上げてきた報告にはそう書かれていたが、私はそれできみたちの関係を察した。そして狩野君が『K』だと断定されてからは、いずれきみを組織に引き込もうと考えているのではないかと、そう思っていた」

「……そのとおりに、なったんですね」

久慈の見立ては正しく、狩野はまんまと狩り出された。自分は狩野をおびき出すための餌にされたのだ。

そう言われたみたいで、やるせない気分になる。

狩野の死に不審を抱き、自分の手でその謎を暴こうとしていたのだから、どんな方法であれ真相を知ることができて、真木としては望みが叶ったと言えなくもない。

だが、やはり話してくれていたらと思ってしまう。

できれば久慈に心を持っていかれるよりも前に――。

「久慈さんは、だから俺に近づいたんですか？　狩野さんを、捕まえるために？」

「そう言われても、仕方がないかな……。なるべく傍に置いておけば、いざというときにきみを保護しやすいと考えたのだが、結果的にはきみを危険にさらしてしまったしね」

久慈がすまなそうに言って、それから真っ直ぐにこちらを見つめた。

「でも、私はきみに嘘を言ったことは一度もないよ。きみと一緒の時間を過ごすうち、いつしか私はきみに心惹かれていった。自分でも抑えられないくらいにね」

「久慈さん……」

「きみはずっと狩野君のことを想い、その面影を追い続けていた。私は嫉妬すらしたよ。

彼でなく私を見てほしいと、何度も口に出してそう言ってしまいそうだった。こんなことを言うのは、とても恥ずかしいことだけれどね」

そう言う久慈に、胸が微かに高鳴る。

昨日、ほんの少しだけそんな感情を匂わせたが、久慈はずっと、生々しい嫉妬心などはおくびにも出さなかった。

真木の狩野に対する気持ちには気づかぬふりをしながら、その実妬いていたなんて、あとからわかってみれば、なんだかとても健気でいじらしい。

真摯な目をこちらに向けて、久慈が告げる。

「私はきみが好きだよ、真木君。だが、信じてもらえなかったとしても、それは仕方がない。これからのことは白紙にしよう。どうかきみの、気のすむようにしてくれ」

――――『きみが好き』。

この上なくシンプルな告白だけれど、言い訳めいた言葉を言い募ったりしない分、それはとても確かな気持ちとして真木に伝わってきた。

昨晩ホテルで交わし合った愛の言葉も、嘘のない想いの吐露だったのだと実感して、救われたみたいな気持ちになる。

(俺も久慈さんが、好きだ)

かつて、愛していた男がいた。

でも、自分が今愛しているのは、目の前のこの男だ。

一人の人間として、その事実にほろ苦さを感じないと言えば嘘になる。

だが狩野がそう願ったように、自分は正しく真っ直ぐに生きていきたいと、心からそう思っている。だから胸に抱いた感情を否定したり、偽ったりはしたくないのだ。

狩野に対しても、久慈に対しても、もちろん、自分に対しても。

真木は久慈の瞳を見つめ返して、静かに言った。

「あなたの言葉、信じますよ、久慈さん」

「本当かい？」

「だけど、一つだけ約束してください。これからは、お互いに対等になると」

真木は言って、笑みを見せた。

「服を着ていても着てなくても、これからはずっと……、本物の、恋人同士だって」

「刹那の恋人」ではなく、本物の恋人。

真木の言葉の意味を察したのか、久慈が頷く。

「ああ、もちろん約束する。……きみにそう言ってもらえるなんて、こんなにも嬉しいことはないよ！」

久慈がうっとりと甘い笑みを見せて答える。

互いの想いが確かに通じ合った、至福の瞬間。

そのままそっと頬に手を添えられたから、口づけを期待して目を閉じようとした。

けれどその途端、携帯電話のバイブが震えた。

画面を確かめて、久慈が電話に出る。

「久慈です。……そうですか、『J』が。それで、カーンのほうは？　……まあ、そうだろうとは思っていましたよ」

久慈が小さくため息をついて、言葉を続ける。

「ええ、もちろん。皆さんおそろいなら、私が直接報告します。……はい、では」

久慈が通話を切って、肩をすくめる。

「やれやれ、上がさっそく状況報告をとせっついてきた。いろいろと無理を利かせたから、仕方がないな」

「無理、って？」

「今回海保が動いてくれたのは、カーンのカジノ客船が武装組織にシージャックされ、政治家や官僚、警視庁の警察官が捕虜になっているという状況だと、上が判断してくれたからだ」

そう言って久慈が、眉根を寄せる。

「だがカーンはすでにプライベート機で日本を出てしまっている上に、自分は武装組織とは無関係で、あくまで被害者だと主張しているようだ。空港近くで『J』の身柄は確保できたが、何があったのか、彼は高所から転落して全身を打ち、意識不明の重体らしい」

「それってっ……、もしかして、口封じですかっ？」

「だろうね。冷酷な男だよ、カーンという奴は」

久慈が忌々しげに言う。

「今回の事案には、期せずして多くの有名政治家や官僚が巻き込まれる結果になった。各所協議中だが、恐らく表沙汰になることはないだろう。きみが見聞きしたことを踏まえても、カーンを逮捕してどうこうというのは、難しいだろうね」

「……そうですか。悔しいですね、なんだか」

とはいえ、公務員の失態が大々的に明らかになれば、国家としてのイメージダウンに繋がるかもしれない。隣国の要人も絡んでいては、また別の問題もあるだろう。

それに狩野のことまで世間に知られてしまえば、彼の老いた両親が傷つくことにもなる。

公安の関わった事件が闇から闇へ葬られるのはよくあることで、そこにはそれなりの理由があるのだと、今の真木ならば理解できた。

ただ少しばかり、複雑な気持ちになるだけで。

「悔しがることはないさ、真木君。ディック・カーンや『スカルピオーン』は、公正な世界秩序に対する明確な敵対者だ。いずれ正義の鉄槌《てっつい》が下される日も来るだろう。そしてそれをなすのは、是が非でも我々である必要はないのだ」

久慈のきっぱりとした言葉に、ざらつきかけた気持ちがスッと鎮まる。

世界を変えるのは過激な思想や暴力ではなく、人々の冷静で確かな意志だ。一人で変革などなしうるものではないのだと、狩野は気づけなかった。

否、本当は気づいていながら、見ないふりをしていたのかもしれないけれど。

「さて、では私は、先にヘリで戻るとしよう。きみとの時間は、しばしお預けだな」

久慈が言って、真木の耳元に顔を寄せる。

「全部片づいたら、ゆっくり続きをしよう。そのときには、存分に想いを伝え合おうじゃないか」

甘い囁きを残して、久慈が立ち上がる。

部屋を出ていく恋人の背中をいくらか名残惜しく見送ってから、真木は静かにベッドに身を横たえた。

◆　◆　◆

事件からひと月ほどが経った、とある休日のこと。

「では、そろそろ失礼しますね」

「ありがとう、真木さん。あなたがいてくれてよかったわ！」

「本当にありがとう！」

都心の公共施設の、夕暮れどきの会議室。

狩野の両親に深々と頭を下げられて、真木は恐縮しながら言った。

「感謝されるほどのことは何も。お知らせも急でしたし、光司さんみたいに手際よくできなくて、すみませんでした」

「そんなこと。あの子もきっと感謝していますよ」

「もちろん、私たちもです。息子が死んで、もう遺族会が開かれることもないと思っていましたから」

――コートダジュール事件の遺族会を、久しぶりに開きたい。

先日の一件のあと、真木が狩野の両親にそう連絡すると、二人はたいそう喜んでくれた。

狩野の声かけで毎年開かれていた遺族会は、遺族にとってなくてはならない鎮魂の場だったが、彼がいなくなってから引き継ぐ者がおらず、開催が途絶えていた。

自分が引き継ぐのが一番だろうと思い、今回初めて真木が声をかけたのだ。

「必要としている人がいる限り、続けたいと思っています。きっとそれが、光司さんの供養にもなると思いますし」

「ありがとうございます、真木さん。そんなふうに言ってもらえるなんて嬉しいわ」

狩野の母親が涙ぐんで言う。

真木は気遣うように言った。

「このところ寒くなってきましたから、体調には気をつけてくださいね。では、また」

狩野の両親とそれぞれ握手を交わして、会議室を出る。

建物の外へと出ると、黄色くなった銀杏《いちょう》の木が夕日を受けて輝いていた。

世はすべてこともなし、とはいかないが、自分にできることを一つなしたという実感は、何がしか心を満たしてくれる。

何より、今日はこれから楽しい予定が待っている。

ふっと息を一つ吐き、入り口の階段を下りていくと。

「……真木君、お疲れ様！」

「……っ？」

「こっちだよ！」

声がしたほうを見ると、入り口脇に停車していた車の運転席の窓から、久慈が顔を出して手を振っているのが見えた。

今夜、久しぶりに逢いたい。

そう連絡をもらってはいたが、迎えに来てくれるとは思わなかったから、ドキドキと胸が高鳴る。

　はやる気持ちを抑えながら駆け寄り、助手席に滑り込むと、久慈が笑みを見せて言った。

「早くきみに逢いたくて、ここまで来てしまった。このまま連れ去ってもいいかい？」

「もちろんです」

「よかった。シートベルトをしてね」

　うっとりと顔を見つめていたらそう言われたので、慌ててベルトをはめる。

　車がスッと動き出し、夕刻の街へと入っていく。

　まだ早い時間だからか、車の流れはスムーズだ。

「遺族会、無事に終えたかい？」

「はい。十一年目なので、参加されるご家族は減りましたけど、なんとか」

「それはよかった。取りまとめ役は大変だっただろう？」

「初めてだったから、少しもたついたところもありましたけど、大丈夫です。皆さんにもういいと言われる日まで、続けていくつもりですよ」

「そうか」

　久慈が短く相づちを打つ。

　それがいいとも悪いとも彼は言わないが、その優しさが逆に嬉しい。

　先のことはわからないけれど、できることはしていこうと真木は思う。

そうすべきだと気負っているわけではなく、狩野の本当の最期を知っている自分にとって、それが一番、心が楽になることだから——。

「……別の車に乗り換えるよ」

しばらく車を走らせてから、久慈がそう言ってとある建物の地下に車を入れる。

一応尾行を警戒してのことだが、二人で過ごすために出かけるときは、きっとこれからもずっとこうなのだろう。

互いの気持ちがどうでも、世間からは隠さなければならない秘密の関係だ。別に誰かに知ってほしいという気持ちなどはないので、何も気にしてはいないが。

「……え、真木っ？　と、久慈さんっ？」

地下一階の駐車場から別の車が置いてある地下二階へ、エレベーターで降りようとしたら、扉の前で奥寺と鉢合わせたので、こちらも叫びそうになった。

連れなのか、奥寺の脇には男が二人立っており、三人ともカジュアルな格好だ。

素性を隠すように大きなサングラスをかけている長身の男と、細身で涼やかな目元の美丈夫。

どちらも知り合いではないと思うが、なんだかどこかで会ったことがあるような気もして……。

「久しぶりだな、久慈。こんなところで会うとは思わなかった」

サングラスの男が久慈に声をかける。久慈がふふ、と笑って言う。

「その言葉、そっくりそのまま返すよ。お忍びでお出かけだったのかい？」

「まあな」

軽く言い合う二人は、口調からするとどうやらそれなりに親しい間柄のようだ。

エレベーターが来たので五人で乗り込むと、久慈が世間話でもするみたいに言った。

「先日は世話になったね。おかげで部下を助けられた。感謝している」

「礼には及ばんよ。非常時にヘリの一機も飛ばせないようじゃ、金バッジが泣くってものだ」

（……っ？）

淡々とした会話だが、男は表沙汰にはならなかったあの「シージャック事件」を知っているようだ。

金バッジというのは議員バッジの俗称だが、この男は、一体……？

「後始末のほうは、もう？」

「おおむね終わったところだ」

「さすが火消しが早いね、永田町も霞が関も」

「内調が積極的に動いたからな」

（ないちょう……、内閣情報調査室か）

さりげない会話だが、これがあの事件の話なら、世間一般には伏せておくべき内容だ。それをオープンに話すということは、男は真木が公安の人間であることを知っているのだろう。そしてもう一人の男も、恐らくは内情を知る者に違いない。

やがてエレベーターが止まると、奥寺が一瞬鋭い目つきを見せて扉をすり抜け、外を確認してから振り返って頷いた。

サングラスの男が頷き返し、もう一人の男の背にスッと腕を回す。

そうして連れ立って外に出ながら、久慈に訊ねる。

「よければ今度、食事でもどうだ?」

「いいね」

「近いうちに連絡するよ。そのときには……、ぜひきみも一緒に」

「……!」

思いがけず誘われたが、返事をする前に男たちは行ってしまった。奥寺も軽く手を上げただけで、二人と共に去っていく。

二人が何者なのか、奥寺や久慈との関係もわからなかったから、軽い混乱を覚える。

「私たちも行こうか」

久慈が言って、この階に停めてある別の車のほうへと歩いていく。

真木はもう一度三人の背中を眺めてから、久慈のあとについて歩き出した。

「……八神《やがみ》議員と塚本《つかもと》警部補っ？　あの二人、そうだったんですかっ？」

神楽坂の部屋に着いたところで、二人が何者だったのか、久慈がようやく教えてくれた。

八神は久慈の同期の元警察官僚で、今は与党の若手ホープなどといわれている代議士だが、先日の事件のときのSSTの出動に、陰で一役買ってくれたらしい。

塚本は元SP、奥寺の先輩で、今は警視庁第四方面本部に勤務している。八神とは大学が同窓で、二人でバスジャック事件を解決したことがあり、「親友コンビ」などと呼ばれていたと聞いている。

八神の叔父に当たる国会議員と警察幹部が関わる不祥事を、文字通り命がけで暴いた事件でも、二人はいっとき注目されていた。

ほんの短い邂逅《かいこう》とはいえ、仮にも公安捜査員なら、二人が何者か見抜くべきところだったと、少しばかり慌ててしまう。

「全然気づきませんでした。八神さん、現職の代議士なのに。お恥ずかしいです」

「まあ、八神もラフな格好をしていたしね」

「でもお顔は知っていました。サングラスをかけていても、公安の人間だったら気づいて当然ではないかと」

「あれだけ堂々としていたら、逆に察しづらいこともあるさ」

そう言って久慈が、ふと思い出したように続ける。

「ふむ……、察するといえば、きみは気づいたかい？　あの三人が、同じ匂いをさせていたことに？」

「え……？」

「シャンプーか、ボディーソープか、もしくはバスジェルか何かか……、あれはたぶん、ホテルのアメニティーじゃないかな。それもそこそこハイブランドの」

「そ、それって……？」

「恐らく彼らも、あそこで車を変えようとしていたのだろう。理由は私たちと同じだ。八神もそれを察したから、きみも食事にと誘った。むこうも気づいたのだろうね、私たちの関係に」

あのほんの短い時間に、まさかそこまで洞察していたなんて。

真木は心底恥じ入りながら言った。

「そんなこと、少しも思い至りませんでした……。本当に、お恥ずかしい」

「気にしなくていいさ。今後に活かしてくれればそれでいい」

「それはもちろんそうします！　えっ、ていうか、じゃあつまりあの人たちも、付き合ってっ……？」

衝撃的な事実に驚いて、思わず声を上擦らせると、久慈が人差し指をスッと真木の口唇に押し当てて黙らせてきた。

目を丸くした真木に、久慈が甘い笑みを見せて言う。

「きみの驚愕はもっともだが、よその男たちの話はここまでにしないか。私たちは、ひと月ぶりに逢った恋人同士だよ？」

「……あ……」

「きみとキスがしたかった。そうしても、いいよね？」

「っ、ん……」

頷く間もなく体を抱きすくめられ、口唇を合わせられる。

貪欲なキスを予想したけれど、久慈はまるで大切なものを愛《め》でるみたいに、繊細に真木に触れてきた。温かい口唇に優しく何度も吸いつかれ、合わせ目を舌先でつつかれて、背筋がしびれる。

いつになく甘い、穏やかな口づけ。

もう何度となく久慈と触れ合ってきたが、こんなキスは初めてだ。

彼の口唇からは劣情ではなく、ただ愛おしい、触れ合えて嬉しいという素直な気持ちが伝わってくる。

こちらも恋しい気持ちがひたひたと胸に満ちて、トロトロと蕩けてしまいそうだ。

「……ああ、素敵だ。想像以上だよ」

彼の背に腕を回してしがみつくと、久慈が目を細めてこちらを見つめた。

「きみと隠し事のない関係になれたらと、ずっと思っていた。それがこんなにもいいものだなんて」

「久、慈、さん……」

久慈の言葉にうっとりと心が潤む。

それは真木も同じ気持ちだ。

最初は思惑を秘めた体だけの関係で、それでもお互い大人だから、快楽を味わい尽くすことはできた。

やがて恋の炎もぼっと燃え上がったけれど、すべてを明かし合い、その上でもう一度想いを結んだ今、二人の間にはもっとずっと大きく、確かな愛情が存在している。

キス一つしただけでそれをまざまざと感じられて、喜びで胸が震える。

「好きだよ、真木君。きみが欲しい」

「俺も、欲しいです……、あなたがっ……」

想いを告げて、もう一度口唇を合わせる。

先程よりも熱っぽい口唇。舌で開き合って、優しく絡ませる。

背や腰をまさぐり合い、シャツを捲り上げて素肌をなぞると、重なった口唇から乱れた息が洩れた。

ベルトを緩め合い、下腹部同士を押しつけたら、どちらも欲望の形になっているのがありありとわかった。

「……真木君の、硬いね」

「あなたこそ」

「早く触れたい」

「俺も、です」

声を揺らしながら答えると、久慈がちゅるっ、ちゅるっ、と真木の舌を吸い立てながら、いつもよりも少しじれったそうにシャツのボタンを外し、バサリと床に脱ぎ捨てた。

真木のシャツも剥ぎ取り、胸を合わせて抱き締めてくる。

彼の鼓動の力強さに、めまいを覚える。

「は、ぁ、久慈、さんっ」

愛する男の体躯に触れる喜び。悦びを与え合い、慈しみ合うことができる奇跡。

彼の温かい体温を感じるだけで、身も心も溶かされてしまいそうだ。

「も、ベッド、にっ」

「ああ、行こう」

早く抱き合いたくて急くように促した真木に、久慈が劣情に濡れた声で答える。

廊下に衣服を点々と脱ぎ落としながら寝室へともつれ込み、そのまま二人でベッドに倒れ込んだ。

圧し掛かられて耳朶や首筋に吸いつかれ、脇腹や双丘、太腿を大きな手で撫で回されて、全身の肌が粟立つ。

「ん、んっ、は、ぁっ」

久慈の指先も口唇も、そしてチロチロと触れる舌先も、触れるだけで真木の欲情を煽り、体の芯をジクジクと淫靡に潤ませる。

重なった下腹部は早くも二人の透明液で濡れ、擦れ合うたびにビクビクと跳ねた。その感触が堪えるのか、久慈が喘ぐみたいに言う。

「ああ、たまらない。きみに触れただけで、ほら、もうこんなになってしまった」

「俺も、痛いくらいです」

「これでは苦しいね、私も、きみも。このまま一度、出そうか？」

「……あんっ！　ぁあっ、はあっ！」

局部を重ねたまま、久慈が二本の雄を手で包んで腰を大きく揺すり出したから、声が裏返った。

こんなふうにされるのは初めてだったが、久慈の猛る肉茎のボリュームと熱は、それだけで真木を昂ぶらせる。刀身で打ちつけるみたいにゴリゴリと研ぎ立てられ、鮮烈な刺激に腰が恥ずかしく弾むのを止められない。

腕を伸ばして久慈の首に抱きつき、動きに合わせてこちらも幹を擦りつけると、久慈がああ、と低く声を発して、真木の肩に顔を埋めてきた。

はあはあと息を荒くしながら、久慈が動きを速めていく。

「はっ、ぁあっ、久慈さん、ぃい、気持ち、ぃっ！」

「きみの、凄く張り詰めてきた。もう達きそうなのかい？」

「んっ、んっ！　も、出ちゃっ……！」

「いいよ。私ももう、出るっ」

「あぅっ、達、くっ、ぁあ、あああっ――――！」

ドクッ、ドクッ、と勢いよく、じっとりと重い蜜液が真木の腹の上に吐き出される。

それがどちらのものなのか、混ざってしまってわからないけれど、二人の体がぶるっ、と震えるたびに青い香りが上がって、その濃密さを伝えてくる。

上気した互いの肌は愉楽の恍惚でしっとりと汗ばみ、潤んだ吐息は甘く鼓膜をくすぐってきた。

まだ始まったばかりだし、繋がってもいないのに、久慈と一つになったみたいな気分になって、泣き出してしまいそうにすらなる。

真木の上で呼吸を整えながら、久慈が訊いてくる。

「……どう？　少し、楽になったかな？」

「ぅ、ん……」

まなじりを濡らしながら頷いたものの、体の奥からはどんどん熱が生まれている。一度出したくらいでは、張り詰めたそこが少し楽になっただけだ。

「……体が、熱いです。もっと、欲しくなっちゃいました」

「そうだね。ちょっとやそっとじゃ、この熱は冷めそうもないな」

久慈が言って体を起こし、濡れそぼった二人の雄と真木の腹をティッシュで軽く拭う。

それから体の位置をずらして、シーツに手をついてうっとりと真木の裸身を眺める。

「きみが気持ちいいこと、たくさんしてあげたい。可愛く啼いてくれ、真木君」

そう言って、久慈がこちらを見つめながら、ちゅく、ちゅく、と左右の乳首に順に吸いついて、舌先でもてあそび始める。

真木の喉からは、知らず甘い声が洩れる。

「ぁ、ん……、はぁ、あ……」

真木のそこも、いつの間にか硬く勃ち上がっていた。久慈の口唇が触れるだけでビリッと微電流が走ったようになって、濃い薔薇色に変わっていく。

舌で押し潰されたり転がされたり、乳頭をあめ玉みたいにしゃぶられると、背筋にビンビンとしびれが走った。

真木自身も、先端からまた嬉し涙を溢れさせる。

「気持ちいい？　こうすると、きみはもっと感じるよね？」

「あっ、あ！　ん、ふっ、ぁあ、あ」

乳首に軽く歯を立てられ、きつく吸い上げてはぷっと離されて、恥ずかしく声が裏返る。

久慈と抱き合うようになるまで気づかなかったが、真木のそこは少し痛くされるくらいのほうが気持ちいい。

強めの刺激を受けて果実みたいにぷっくりと膨らんでくると、信じられないくらい敏感になって、そこだけで達きそうにすらなってしまうのだ。

久慈もそれを見抜いていて、ぴちゃぴちゃと淫らな水音を立てて舐め回してきたから、うねうねと大きく腰が躍った。

「ひ、ぁあっ、ぁあ！」

チカチカと視界が明滅するほどの快感。腹の底がぐつぐつとたぎって、内奥がキュウキュウと収縮する。

真木の欲望がまたピンと勃ち上がると、久慈が乳首に吸いついたまま、幹に指を添えてゆっくりと扱き始めた。

「あっ、あっ、ぃい、ああっ」

乳首に当たる歯の感触と、肉厚な手で雄を包まれて擦られる感触。

同時に与えられるとどうにもたまらず、ただあんあんと啼き乱れるしかなくなる。

腰を揺すって久慈の手のひらに感じる場所を押しつけると、久慈が手の動きを速めて、空いた乳首ももう片方の指の腹できつくつまみ上げてきた。

あっという間に爆ぜそうな気配が迫ってきて、上体が大きく反り返る。

「はぅっ、もっ、達、く、また、達っ……！」

切っ先からビュクッ、ビュクッ、と白蜜を撒き散らしながら、真木が絶頂に達する。

二度目なのに、蜜液はたっぷりと溢れてきた。腹ばかりでなく胸の辺りにまではねて、肌をいやらしく濡らす。

久慈がそれを舌でぺろりと舐め取って、楽しげに言う。

「ああ、きみの味だ。私はきみのこれが、とても好きなんだ」

「ど、して、そんな、に……？」

「だってきみの悦びの証だからね。もっとたくさん、出していいんだよ？」

「……あっ、ぁ、待っ、て、そ、なっ、何度も……！」

久慈が真木の局部に顔を寄せ、幹の根元に指を絡めたまましゃぶりついてきたから、逃れようと身をひねった。

だが久慈は逃がしてはくれず、まるでレスリングの体固めみたいに真木の上体に圧し掛かって押さえ込み、喉奥まで雄を咥え込んで頭を揺すってくる。

二度も達したばかりの欲望を熱い口腔で擦られ、感じすぎて変になりそうだ。

「やっ、も、ゃあっ！」

「そう？　まだこんなに大きいけど？」

「う、うっ、はあっ、ああっ」

幹に横から吸いつくみたいにして、久慈がさらに追い立ててくる。

息つく暇もなく愛でられて、気持ちがいいのは確かだけれど。

(俺も、愛したい……！)

自分と同じように、久慈にも感じてほしい。

そんな思いを強く感じたから、悦びにむせびそうになりながら、真木は言った。

「お、れもっ、したいですっ……」

「ん？」

「久慈さんの、俺も舐めたいっ」

正直なところ、今まではかなり受け身で、まだちゃんとそれをしたことがなかったけれど、もうこれからは恋人同士なのだから、真木も久慈を愛したい。

その一心でもぞもぞと体を動かし、久慈の腹の下に頭をもぐり込ませて下腹部を探ると、先ほど達した彼の欲望は、まだ硬いままだった。

夢中で吸いつき、張り出した先端部を舌で味わうように舐ると、久慈がおう、と低く唸って、悩ましげな声で言った。

「……いいよ、真木君。凄くいい……。きみにこんなふうに愛してもらえるなんて、嬉しくてどうにかなりそうだっ」

「ン、ふっ、ぅう」

互いに横向き加減にシーツの上に寝そべり、舌と口唇とで欲望を愛撫し合う。

ずっしりと重みのある久慈の剛直は、思いのほかボリュームがあった。

体格差もあるので根元までのみ込むのは少し大変だが、愛しい男のものを舐り、味わっているだけで、なんだか陶然となってくる。

久慈も同じなのか、唾液を絡めながらジュプジュプと彼を吸い立てていると、くっと喉を鳴らし、息を乱して真木のものに吸いついてきた。

真木の口淫で、とても感じてくれているみたいだ。

(もっと、気持ちよくなってほしい……!)

繋がって愛し合うのはもちろん、男同士同じふうに感じて快感を分かち合うのも、愛しい相手とならば極上の愉悦を感じられる行為だ。

与えられる気持ちよさをそのまま返すみたいに舐っていたら、久慈がうう、と微かに唸った。

「んっ、ぐ、ううっ……！」

元々大きな久慈の男根が、真木の口腔の中でさらに嵩を増す。

それとともにスリットから舌の上に青い味が広がり、幹にジュッと血流が流れ込んでくるのが感じられた。

もしかして、達してしまいそうなのだろうか。

（俺も久慈さんの、飲んでみたい）

今までそれをしたことはなかったが、久慈のだったら味わってみたい。気持ちよくなって、たくさん蜜液を吐き出してほしい。

熱に浮かされたみたいにそう思い、久慈の腰にしがみついて頭を揺すると、久慈が真木の欲望から口を離して、喘ぐみたいに言った。

「真木君、そんなにされたら、こらえられなくなってしまうよっ……」

「う、んっ、んっ」

「このまま達してしまっても、いいのかい？　味わったこと、ないんだろう？」

ためらっている様子で訊かれたから、答える代わりにぐっと久慈の半身をシーツの上に押し倒し、そのまま彼の腹の上にまたがった。

そうして背中を丸めて彼自身を根元まで咥え、急き立てるみたいに激しく口唇を上下させると、久慈が驚いたように言った。

「なんだか凄いな、今日のきみは。とても情熱的で、いつになく大胆で……。一体、どうしてしまったんだい？」

そう言われても、自分でもよくわからない。なぜだかひどく興奮してしまっていて、自分でも止められないのだ。

もっと久慈を愛したい。もっと悦びを得てほしい。

そんな気持ちだけが胸に溢れて、意識が浮遊したみたいになってくる。

もはや陶然となりながら、口唇がしびれそうなほどきつく吸い立てていると、やがて久慈が苦しげな声で告げてきた。

「ああ、もう限界だっ、すまないが、このままきみの、中に……！」

言い切らぬうちに久慈の腰が弾み始め、杭の先で喉を突かれた。

その質量に涙目になりながらも、必死で咥え込んでいると――。

「……ん、はっ！　げほっ、げほ……！」

口腔に放たれた久慈の濁液を飲み下そうとしたものの、その勢いと量とに反応できず、むせて雄から口を離してしまう。

ビンと跳ねた熱杭の切っ先からはまだ白濁がドクドクと出ていて、真木の顔にぴしゃりとはね飛んできた。

独特の香りと苦みとでまなじりが濡れてくる。

「……大丈夫かい、真木君？　喉、つらかったよね？」

射精の愉悦に息を揺らしながらも、久慈が優しく気遣ってくれたから、涙と精液とでぐしょ濡れの顔で振り返る。

久慈がおやおや、と困ったように微笑んで、箱からティッシュを何枚か引き抜いた。

「無理させちゃったかな。顔、拭こう」

恐縮したふうに言われたから、彼の腹の上で体ごと向き直ると、久慈が丁寧に顔を拭ってくれた。

でも、別に無理はしてはいない。彼の味わいは想像していたとおりよかったし、真木のフェラチオで感じて達してくれたことも嬉しい。

どこか浮遊したみたいな感覚のまま、真木は言った。

「……無理なんて、してないです。ただどうしてか、自分を止められなかっただけで」

「ほう？　それは、どういう……？」

「無我夢中というか、なんというか。途中で、訳がわからなくなって……」

「ふふ、そうか」

久慈が笑って、嬉しそうに続ける。

「つまりきみは今、自分が自分じゃなくなっていた、ということだね？」

「え……」

知らぬ間にそんな状態に入り込んでいたのだと気づかされて、軽い驚きを覚える。

久慈と触れ合える喜びで、我を忘れていたみたいだ。

恋をすることも抱き合って訳がわからなくなることも、恐れていたはずなのに……。

「嬉しいよ、真木君。きみが心も体も私に溺れてくれるなら、私もきみに溺れたい。きみと一つになって、悦びの海で溺死したいよ」

「久慈さんっ……、ぁ、ん、ンっ」

真木を腹の上にまたがらせたまま久慈が体を起こし、背中を抱いてキスをしてくる。

そうして白濁の残滓を舐め取るみたいに口腔を舌でまさぐってから、長い指をねろりと舐め、指でつっと背筋をなぞり下ろしてきた。

「あっ、ん！　う、ぅ……」

後孔を探り当てられ、柔襞をくるくると撫でられただけで、窄まりが物欲しげにヒクつくのがわかる。

僅かに綻んだ窄まりにつぷっと指を沈められると、すでに中が熱っぽくなっているのが感じられて、頭がかあっと熱くなった。

くちゅくちゅと媚肉の襞をかき回され、柔らかくほどけていくそこは、まるで熱した坩《る》堝《つぼ》みたいだ。

「ん、はっ、ぁ、あ」

「きみのここ、甘く熟れてきた。襞が私の指に絡んで、ヒクヒク震えているよ？」

久慈が言って、指をもう一本、そろえるようにして挿入してくる。

「最初のときから、きみはとても敏感で甘い体をしていたね。もちろん、クスリを盛られていたのもあるけど」

二本の指をゆっくりと抽挿させ、肉壁を押し広げながら、久慈が言う。

「本当は、もっと時間をかけて親しくなっていこうと思っていたのに、あんな状況だったから、最初に体を重ねてしまって。今だから言うけど、私はもうあのときから、きみに恋してしまっていたような気がするよ。それこそ、自分が自分ではなくなっていたのかもしれないな」

「でも、あのときの、あなたは」

「狩野君を追うためにきみに近づいただけ、だったはずなのにね。狩野君との過去も、彼のことをずっと引きずっていたことも、もちろん知っていたし。だけどそれも含めて、私はきみに惹かれた。ほかの誰かには渡したくないと思ったんだ」

久慈がどこか切なそうな目をして言う。

「だから体だけの『刹那の恋人』になろうなんて言ってきみを繋ぎ留めたけど、それだけで満足できるなんて、自分でも思ってはいなかった。触れ合えば触れ合うほど、心まできみが欲しくなった」

「そんな、ふうに……？」

好きだという言葉だけでも確かな気持ちを感じていたけれど、一見泰然とした態度の裏でそんなにも強く想ってくれていたのだと知れば、やはりじわじわと喜びが湧いてくる。

「きみと出会えて、私は幸福だよ。こんなふうに、心も体も一つになれるのだからね」

久慈が甘い声でそう言って、真木の後ろから指を引き抜く。

そろそろ頃合いのようだ。

久慈の首に片方の腕を回してつかまり、彼の下腹部に手を滑らせると、そこには真木が欲しいものが、求めている形で存在していた。

「俺も幸福ですよ、久慈さん。あなたと出会えて」

真木は膝をついて腰を上げ、ほどけた後ろを彼の先端に当てがった。

「どんな俺でも受け止めるって言ってくれて、嬉しかった。あなたになら、俺を全部見せられるって、そう思えて」

「真木君……」

「好きです、あなたが。誰よりも、あなただけがっ……」

真木は言って、ゆっくりと腰を落とした。

肉襞をメリメリと押し広げながら、久慈が真木の中にのみ込まれていく。

「あ、あっ、あ……」

したたかなボリュームと、溶かされそうなほどの熱。

久慈のそれは真木を圧倒して、心も体も貫いてくる。

征服されていくみたいな気分になったこともあるけれど、これはそんなものではない。

自分の枠を粉々に壊され、すべて溶かされていくような感覚だ。

でも、そこには包み込むような愛情がある。

久慈の存在も真木の中に溶けて、境目がわからないくらいに混ざり合っていくけれど、それでお互いが消えてしまうわけでもない。

愛し合っているのだという喜びが、ただ二人を覆い尽くしていくのだ。

「きみの中、トロトロで温かくて、気持ちいい……！」

久慈がため息交じりに言って、真木の腰に手を添える。

「じっくり味わいたかったけど、これじゃ長くは保《も》たないかも……、もう、動くよ？」

「ぁん、んっ、はあ、あ……！」

長さを存分に使って、下から揺すり上げるみたいに肉杭を抽挿されて、背筋から脳髄まで、ビリビリと快感が駆け上がる。

二度も出しているのに久慈のそれは硬く大きく、感じる窪みから最奥の狭くなった場所まで、真木の中を余すところなく擦り上げてくる。

内襞も肉壁もその熱に溶かされ、甘く潤んだようになって、幹にきゅうっと絡みついた。

それを振り払うように楔が引き抜かれ、また根元まではめ戻されるたびに、くちゅ、ぬ

ちゅ、と湿った水音が上がって、真木を耳からも煽り立ててくる。

「あっ、あ、ぃいっ、久慈さんの、気持ち、いいっ」

「私もだよ、真木君。凄く、いい」

「ん、うっ、そ、こっ、来るっ、ああっ、ああっ！」

腰をつかまれて前後に揺すられ、感じる場所を切っ先でダイレクトに抉られて、悦びで視界が歪む。

鮮烈な快感に真木自身もまた勃ち上がり、鈴口からは薄く濁った蜜がトプトプと溢れ出して、幹の根元や久慈の腹にまで滴り落ちた。

もっと感じさせてほしくて、動きに合わせて真木も腰をグラインドさせ、後ろを意地汚く引き絞ると、久慈はますます嵩を増して、真木の内腔を限界まで押し広げてきた。

腹の中いっぱいに久慈を感じて、悶絶してしまいそうだ。

「はあっ、うぅっ、大、きいっ、久慈さんのっ、凄く大きく、なってっ……！」

「きみがしがみついて、きつく絞り上げてくるからね。私とずっと一つになっていたいって、そう言われているみたいだ」

(ずっと、一つに……？)

睦言めいた言葉だが、何か少し思い当たるところがあったから、揺さぶられながら久慈の顔を見つめた。

面倒なことを言って嫌がられたらどうしよう、とか。

本気になってしまったら、捨てられるのではないかとか。

そんなことを考えて、彼のことを好きにならないようにと予防線を張ったのは、もしかしたら不安だったからではないか。

もしも好きになっても、狩野がそうだったように、久慈もある日突然いなくなってしまうかもしれない、と。

「……そうなのかも、しれません」

真木はおずおずと言って、久慈を上目に見つめた。

「狩野さんとのことがあったから、俺はずっと、不安だったのかもしれないです。あなたも急にいなくなってしまうんじゃないかって」

真木の言葉に、久慈がああ、と少し哀しげな顔をする。真木は笑みを見せて言った。

「でも、今はわかっていますよ。あなたが俺を愛してくれていて、本心から大事に思ってくれてるって。言葉と体とで、あなたはそれを伝えてくれましたから」

そう言って、久慈にギュッとしがみつく。

「あなたを愛しています、久慈さん。心も体も、あなたとずっと、一つでいたい」

「真木君っ……」

「もっと気持ちよく、なりたいっ、あなたと、一緒にっ……！」

溢れる感情のままに、大きく腰を揺すって久慈を味わう。

久慈がこらえきれぬ様子で真木の体をかき抱き、耳朶に口唇を寄せて言う。

「私も愛しているよ、真木君。嫌だって言っても、もうきみを離さないからね……！」

「はあっ、あぅうっ、あああっ、あぁああっ！」

鋭く雄を突き入れられ、湧き上がる快感でめまいがする。

抽挿は深く激しく、下腹部がズンと重なるたびに意識が飛んでしまいそうだ。

もっと長く一つでいることを楽しみたいのに、あっという間に絶頂の兆しが近づいてくる。

「ああっ、あっ！　ど、しようっ、俺また、達っちゃう、かもっ！」

「達けばいいよ、真木君」

「で、もっ！　まだ終わりたく、ないっ」

「終わらないさ。きみが欲しがるなら、何度だって満たしてあげる」

久慈が言って、繋がったまま真木の背中をシーツの上に横たえる。

そうして真木の両肢を抱え、激しく突き上げ始める。

「はあっ、ああっ、久慈、さっ、激、しぃっ、奥の奥まで、来るっ」

「くっ、う、熱、い……、きみが、絡みついて……！」

体位が変わったせいか深度と角度が変わり、それに合わせて真木の中もキュウキュウと反応して、久慈を締めつけているみたいだ。

互いに悦びが限界を超え、はあはあと荒い呼吸が部屋の空気まで熱くしていく。

やがて久慈の律動が大きく弾み始め、真木の腹の底が蠢動し始めて――――。

「あああっ、ああっ、達、くっ、もうっ、達っちゃっ……！」

窄まりをぎゅうっと絞りながら、真木が絶頂に至る。

続いて久慈が低く呻いて動きを止め、真木の腹の奥にピシャッ、と灼熱を吐き出した。

どろりと熱いその感触がたまらなくて、身も心も歓喜に震える。

ただ愛する人が目の前にいる幸せ、一つになれる奇跡に、知らずまなじりが濡れてくる。

「どこにも行かないで、久慈さんっ……。どうかずっと、俺の傍に……！」

心からの願いを告げると、久慈が優しく慈しむみたいな目をして答えた。

「ああ、約束する。ずっときみの傍に、いるよ」

きっと久慈ならば、そうしてくれるだろう。

そして自分も、彼を愛し続ける。

立場も肩書も思惑もない、対等な恋人同士として。

「キスが、したいです」

ねだるみたいに言うと、久慈がそっと口唇を重ねてきた。

愛しい恋人とギュッと抱き合いながら、真木は極上の口づけを味わっていた。

あとがき

こんにちは、真宮藍璃です！　このたびは『インモラル・バディ～刹那の恋人～』をお読みいただきましてありがとうございます。

今回のお話は、二〇一七年八月に刊行されました『ダブル・バディ～愛欲の絆～』のスピンオフ作品です。前作はＳＰ、本作は公安捜査員の受けが主人公で、どちらもスーツメンズの現代ものです！　警察組織を舞台にした職業ものとなっておりますが、そこはＢＬですので、ラブ＆エロスは抜かりなく頑張っております（笑）。

そんな本作の受けは、私の作品に多い強気受け系、でも亡き恋人の死の真相を何年も追っているなど情が深いところもあり、やや未亡人感（？）なども漂わせてみたつもりです。そして攻めは、おおらかで紳士的、人当たりもとてもいいのですが、実はなかなかの執着系なのではないかと思っております。

思惑を秘めた二人の危うい関係にご注目いただけたらと思います。

この場を借りましてお礼を。

挿絵を描いてくださいました鳥海よう子先生。『快楽奉仕～贖いの罠に堕ちて～』、『ダブル・バディ～愛欲の絆～』に続き、イラストをお引き受けいただきありがとうございます！

いつもスタイリッシュでカッコいいキャラクターにうっとりしております。エリート官僚らしい鷹揚さと色気漂う攻め、そして真っ直ぐな視線の中に儚さも覗く受けと、イメージ通りの二人を描いていただけて嬉しいです！　本当にありがとうございます。

担当のI様。『ダブル・バディ～愛欲の絆～』がとても好きなテイストのお話だったので、スピンオフのご提案をいただけて嬉しかったです。

そしてそして、四年間担当していただきまして本当にありがとうございました。またどこかでご縁がありますように！

最後に、読者の皆様。ここまでお読みいただきましてありがとうございます！

ファンタジックなＢＬ作品が盛り上がっている昨今、この作品をお手に取っていただけて、とても嬉しいです。いろいろな傾向の作品を書けたらと思いますが、職業＆スーツものも定期的に書いていきたいと思っておりますので、お見かけの際はぜひチェックしていただけましたらありがたいです。どうぞよろしくお願いいたします！

令和元年　十一月　真宮藍璃

プリズム文庫をお買い上げいただきまして
ありがとうございました。
この本を読んでのご意見・ご感想を
お待ちしております!

【ファンレターのあて先】
〒153-0051 東京都目黒区上目黒1-18-6 NMビル
(株)オークラ出版 プリズム文庫編集部
『真宮藍璃先生』『鳥海よう子先生』係

プリズム文庫

インモラル・バディ~刹那の恋人~

2020年01月30日 初版発行

著　者　真宮藍璃
発行人　長嶋うつぎ
発　行　株式会社オークラ出版
〒153-0051 東京都目黒区上目黒1-18-6 NMビル
営　業　TEL:03-3792-2411 FAX:03-3793-7048
編　集　TEL:03-3793-8012 FAX:03-5722-7626
郵便振替　00170-7-581612(加入者名:オークランド)
印　刷　中央精版印刷株式会社

Printed in Japan ISBN978-4-7755-2919-5